UNA RAGAZZA
E IL NATALE

Barbara Morgan

Ghostly Whisper

Website: http://www.ghostlywhisper.com

Facebook: https://www.facebook.com/ghostlywhisperltd

Instagram: https://www.instagram.com/ghostlywhisperltd

Twitter: https://twitter.com/GW_BooksEtc

Whisper of the Heart

CAPITOLO 1

Dalla metà di settembre improvvisamente mi ero ritrovata alla seconda settimana di dicembre. E no, a differenza dell'estate trascorsa, non l'avrei annoverato come l'inverno più brutto della mia vita. L'autunno era scivolato via in un lampo e io mi trovavo ancora a Heathland, un minuscolo villaggio disperso nel Dorsetshire. Ma la situazione era notevolmente mutata.

Ero ancora la stessa Rose Storm, per certi versi. La ragazza che non cercava l'amore per se stessa, ma per gli altri. Solo che, inspiegabilmente e senza nemmeno avvisare, l'amore aveva trovato me. E mi aveva trovata del tutto impreparata e in parte sconvolta, appena raggiunta la consapevolezza. Perché la persona che il mio cuore aveva scelto non era la stessa che la logica mi aveva suggerito.

Ma lui... lui era l'unico che mi conosceva davvero, in bene e in male. Forse più in male, perché per la maggior parte delle volte mi ero comportata come una ragazzina sciocca, altezzosa e un po' troppo avventata. E Chris restava comunque l'unico con cui non avrei mai dovuto fingere di essere diversa da quella che ero. Si era ritrovato per troppo tempo a che fare con tutto il peggio di me e lo aveva tollerato.

Quindi mi stavo avventurando verso la metà di dicembre dell'anno 1999. L'ultimo mio mese da diciassettenne. Qualcosa in me era cambiato e stava ancora cambiando. E non era stato soltanto un comune processo di crescita o la scoperta dei miei sentimenti per Chris Warner, il figlio dell'ex moglie di mio padre. Forse non era dovuto nemmeno alla natura magica e un po' selvaggia di Heathland, del Dorsetshire.

Ero stata a Londra due volte, nella nostra casa di Chelsea, tra la fine dell'estate e l'autunno, prima di iniziare la scuola. E ormai non ne sentivo più nemmeno la mancanza. Ero proprio io a essere cambiata, trasformandomi in una persona più seria e riflessiva. Una persona che riusciva addirittura a pensare e a contare almeno fino a dieci prima di lanciarsi in sfide troppo audaci e in imprese impossibili.

Mi stavo impegnando per essere meno egoista. Ma questa componente del mio carattere non era molto facile da estirpare e gestire. Lo facevo, sono costretta ad ammetterlo, soprattutto per Chris. Anche se mi conosceva bene. Anche se l'essere egoista e un po' manipolatrice e viziata faceva parte della Rose a cui lui si sentiva legato. Però io comprendevo che non mi avrebbe perdonata per sempre. Potevo essere una ragazzina immatura ancora per poco, poi non sarei stata più giustificabile ai suoi occhi.

La verità era che io lo amavo e non volevo perderlo. Questo sapevo. Di questo mi ero resa conto quando era stato costretto ad andarsene e io non potevo fare nulla per trattenerlo. Quando mi ero riscoperta inaspettatamente gelosa di altre ragazze che gli giravano intorno pretendendo le sue attenzioni.

In parte Heathland aveva contribuito a cambiarmi, a salvarmi da me stessa. Per questo motivo gliene sarei stata grata per sempre. In seguito, l'amore per Chris si era inesplicabilmente intrecciato a quello per il paesaggio e per i suoi abitanti. Per quella vita semplice e spontanea che apprezzavo e mi faceva sentire viva, parte di qualcosa di vero. Amata.

Frequentavo l'ultimo anno del liceo di Heathland, nella stessa classe di Sally che in pochi mesi era diventata la mia migliore amica. Non aveva sostituito Janet, la mia migliore amica londinese. La nostra amicizia era altrettanto profonda, ma molto diversa. Con Sally ero una Rose più semplice, più naturale. E andava bene così, a mio parere. Non potevo essere la stessa Rose con tutti, nessuno lo avrebbe preteso. Mi confortava l'idea di essere apprezzata per quella che ero, con tutti i miei difetti. E, cercandolo bene, anche qualche pregio.

Chris era tornato a Londra per frequentare i suoi corsi all'università. Aveva deciso di continuare la strada dell'architettura, come papà, nonostante la sua vera passione fosse l'arte. Era interessato alla pittura paesaggistica, soprattutto seguiva il modello di Turner. E a Heathland riceveva molti spunti in proposito. Spesso si sistemava fuori dal nostro cottage a dipingere, si avventurava per i campi, per i boschi, nonostante il freddo, oppure cercava una visuale migliore dalla collina o dal castello. Io lo seguivo con un libro da leggere, sforzandomi di restare in silenzio per non distrarlo.

Il fatto di non averlo sempre accanto era il mio cruccio principale. Tornava a Heathland quasi tutti i fine settimana, per seguire ed essere coinvolto negli sviluppi della ristrutturazione del Desmond Castle, in cui mio padre era impegnato dall'estate, e per dipingere. Infine per stare un po' con me, almeno così speravo, anche se questa era la motivazione meno ufficiale.

«A volte mi chiedo che cosa stia combinando nel corso delle giornate. Ed è stupido da parte mia, lo so. Soprattutto perché non me l'ero mai chiesta prima. L'ho avuto intorno per un sacco di tempo e me ne sono sempre fregata...» sospirai continuando a mescolare la cioccolata nella mia tazza. Dovevo decidermi a berla, prima che si raffreddasse completamente. Invece sollevai gli occhi su Sally, in attesa di una risposta. O forse, di una rassicurazione. «So che per te è diverso. Teddy è qui, puoi vederlo tutti i giorni.»

«Credo sia normale.» Sally mi sorrise, con la sua abituale condiscendenza. Non era la prima volta che le esponevo i miei dilemmi.

«Sono un po' gelosa, ecco!» sbuffai appoggiando la schiena alla sedia e incrociando le braccia. Poi afferrai la tazza di cioccolata per berne un sorso abbondante, leccandomi rapidamente le labbra.

«Un po'? Me ne sono accorta!» Sally annuì ridacchiando, appoggiando i gomiti al tavolino della caffetteria, con la tazza di cioccolata tra le mani. «Comunque un po' gelosa è un eufemismo, Rose.»

«Ci sono così tante ragazze, a Londra. Nella stessa università che frequenta Chris.» Non ero in grado di resistere, non riuscivo a trattenermi. Mi tirai una ciocca di capelli sulla spalla iniziando a intrecciarli freneticamente. «E loro non sanno che è mio... quindi ci proveranno! Sono sicura che ci proveranno!»

«Insomma, Rose... che te ne importa delle ragazze a Londra? Lui vuole te. Tu ti fidi di lui?»

Sally aveva sempre una gran pazienza con me. Forse fin troppa, dovevo riconoscerlo.

«Mmh... sì, ma la verità è che lo vorrei qui. Sempre, non solo il fine settimana. E mi sento anche in colpa perché è come se lo costringessi a tornare qui per me. Se fosse solo per seguire i progressi del castello o per dipingere forse non lo farebbe così spesso.»

«Se hai questi dubbi perché non sei tornata a Londra, allora?» La domanda di Sally era assolutamente sensata. «Mi hai detto che tuo padre ti aveva concesso di restare nella vostra casa a Chelsea. O magari avresti potuto trasferirti nell'appartamento di Daisy.»

Sally aveva ragione. Papà mi aveva offerto la possibilità di tornare a Londra, per non costringermi a restare a Heathland contro la mia volontà. La casa di Chelsea non rischiava di essere venduta, almeno per il momento. Già sospettava la mia storia con Chris, eppure mi aveva concesso lo stesso di tornare in quella che era sempre stata la nostra casa. Ma io, per una volta, non avevo voluto agire da egoista. Anche se, essendo a tutti gli effetti un'irriducibile egoista, in seguito me n'ero pentita. Anzi, me ne pentivo ancora, regolarmente due o tre volte al giorno. Non riuscivo a evitarlo. Però non avevo cambiato idea.

«Per una volta volevo fare la cosa giusta e non agire come la solita egoista e viziata Rose Storm che tutti conoscono. Per questo ho deciso di restare a Heathland con papà. Però...» sospirai amaramente, afferrando il mio muffin al cioccolato, posto su un piattino tra me e Sally. «Però accidenti quanto è difficile!»

«Io sono convinta che tu sia molto meno egoista di quanto credi. E poi... tutti lo siamo, più o meno. Ma nessuno osa ammetterlo quanto te.»

«Comunque sono certa di aver fatto la scelta giusta. Anche Chris è stato d'accordo. Vederlo qualche giorno alla settimana è già abbastanza, almeno per il momento. Poi l'anno prossimo anche io inizierò l'università a Londra, quindi avremo tutto il tempo.»

Arrestai il mio fiume di parole, notando l'espressione un po' smarrita di Sally. Anzi, più che smarrita sembrava sconsolata, era arrossita improvvisamente e si mordicchiava le labbra. Avevamo parlato di Londra e dell'università precedentemente. Non sembrava intenzionata ad andarci e io ancora non avevo compreso se era per sua volontà o per mancanza di possibilità economiche. Avrei voluto affrontare il discorso ma non sapevo ancora come fare, senza urtare la sua sensibilità o farla sentire a disagio.

«Ragazze, siete qui!» L'ingresso di Ivy in caffetteria fu provvidenziale. Nonostante ci avesse già notate, le sorrisi facendole cenno con la mano dal tavolino a poca distanza dall'ingresso. Ivy scostò una sedia e si sedette insieme a noi. «Allora, come procede la preparazione dello spettacolo? Mi dispiace aver avuto poco tempo, ma da questo pomeriggio sarò disponibile per aiutarvi. Alcuni ragazzi del primo anno di liceo si sono prestati a un progetto di collaborazione in biblioteca

9

nelle settimane natalizie, quindi io avrò più tempo da dedicare alla rappresentazione teatrale.»

CAPITOLO 2

Avevamo completamente abolito l'idea di mettere in scena *Romeo e Giulietta*. Almeno per il momento. Per mancanza della quasi totalità degli attori che avevano partecipato alle prove iniziali e anche a causa dei guai che ne erano scaturiti. Principalmente per colpa mia. Sembrava che avessi sedotto e abbandonato tutti coloro che si erano cimentati nel ruolo di Romeo. Tranne il terzo e ultimo, Chris, che io non avevo assolutamente proposto e che comunque era durato solo un giorno prima di rinunciare alla parte.

«Perché non proviamo anche la sceneggiatura di una delle tue fiabe, Rose?» Ivy di tanto in tanto tornava alla carica, per tentare di convincermi. Aveva letto le sceneggiature che avevo scritto e le erano piaciute, trovandole molto ben strutturate e adatte a una rappresentazione. Ma a me non sembrava affatto una buona idea. «Magari non solo quella, ma insieme alla rappresentazione principale.»

Parte del mio cambiamento degli ultimi mesi comportava anche il fatto che non trovavo più così essenziale mettermi in mostra per essere adulata dai miei "sudditi".

«Io credo che *A Christmas Carol* sia più che sufficiente.» Passai lo sguardo da Ivy a Sally, per poi tornare ad Ivy. Sufficiente ma un po' banale, me ne rendevo conto. Ma del resto Natale si stava avvicinando fin troppo rapidamente e, come primo esperimento teatrale, poteva andare bene. Del resto anche l'idea di *Romeo e Giulietta* non aveva brillato di originalità. «Nessuna delle mie fiabe è davvero pronta per essere rappresentata, avrei bisogno di più tempo per un'ulteriore revisione. E noi non abbiamo tempo.»

Purtroppo il nostro cast estivo non avrebbe potuto prendervi parte, trovandosi prevalentemente a Londra. Quindi avevamo optato per i bambini della scuola elementare di Heathland. Forse con i più piccoli avrei avuto maggior fortuna come regista che con i miei coetanei. Restava il fatto che senza l'aiuto di Ivy, Sally e Teddy avrei combinato ben poco. Chris mi raggiungeva ogni fine settimana. Mia sorella Daisy, Alan, Janet e Freddie solo talvolta, per dare una mano. Ero piuttosto convinta che mia sorella e gli altri non ne avessero una gran voglia, ma lo facessero soprattutto per papà e per dovere nei miei confronti, come se non volessero farmi sentire troppo abbandonata al mio destino campagnolo.

Mi sentivo ancora divisa, a volte. Come se una parte di me aspirasse ancora a una vita cittadina, mentre un'altra non riuscisse più a fare a meno della campagna. Quando arrivava Chris, invece, avevo la sensazione di raggiungere un senso di completezza. Non ero del tutto certa che dipendesse solo da lui. Ma la sua presenza mi faceva sentire viva, come se il mio cuore finalmente si ricomponesse. Forse era ciò che provavo da tanto tempo nei suoi confronti, senza però essermene mai accorta prima.

Portavamo avanti una sorta di relazione a distanza. Attendevo le sue telefonate la sera ed era strano parlare con lui in modo diverso dal solito. Per circa sei anni era stato il figlio dell'ex moglie di mio padre, il mio detestabile fratellastro rompiscatole, quello che non perdeva occasione di rimproverare la mia arroganza e il mio comportamento da ragazzina superficiale e viziata. Avevamo litigato così tante volte e così spesso che il sentimento che era nato tra noi aveva dovuto lottare contro le nostre resistenze per farsi strada. Senza rendermene conto avevo iniziato a considerare Chris Warner come parte di me, del mio vissuto quotidiano. E non avrei permesso a nessuno mai di portarmelo via.

«Mmh… vado a rispondere in camera, papà…»

Indicai con lo sguardo la mia stanza, mentre mio padre aveva fatto cenno di volermi passare il telefono in soggiorno, dopo aver parlato con Chris.

Senza attendere un suo commento avevo già attraversato la porta, salendo di corsa per le scale. Papà sapeva di noi ma non si era ancora espresso in proposito, ogni tanto si limitava a rivolgerci un'occhiata scettica. A me, soprattutto. Di fronte a lui ci comportavamo più o meno come al solito, del resto la storia tra me e Chris era iniziata da pochi mesi. Prima o poi qualcosa sarebbe cambiato, di questo ero consapevole. E io non ero ancora riuscita a comprendere se si sarebbe dimostrato favorevole o contrario. Però... per il bene che voleva a Chris non potevo credere che sarebbe stato più contento se io avessi avuto una relazione con qualcun altro.

«Ehi, rompiscatole!» ridacchiai afferrando il telefono sul mio comodino, proprio mentre sentivo mio padre riagganciare in soggiorno. «Che hai combinato oggi?»

«Più o meno il solito.» Sorrisi al suono della sua voce, stendendomi sul letto. «Novità per lo spettacolo? Non sei in vena di combinare guai, vero?»

«Mmh... no, no... anzi... Ivy vorrebbe che io mettessi in scena una delle mie fiabe ma io, da ragazza matura e responsabile che sono, ho solennemente rifiutato. Lo vedi che non sono più esibizionista e ambiziosa come un tempo!»

«Però sei sempre molto modesta, mostriciattolo.»

Chris scoppiò a ridere, prendendomi in giro. Ma io ormai non avrei più saputo rinunciare a quel suo modo di chiamarmi "mostriciattolo" che da offensivo era diventato dolce, carezzevole.

«Ecco, bravo. Lo riconosci anche tu.» Sospirai mordendomi le labbra. Mi mancava ma non volevo esprimerlo troppo chiaramente, non volevo mai essere tra i due la più coinvolta. Forse lo ero, ma non volevo dimostrarlo. Per cui mi agganciai nuovamente al discorso dello spettacolo natalizio. «Per questa volta *A Christmas Carol* con i bambini della scuola elementare andrà più che bene, ma non ho ancora rinunciato a preparare uno spettacolo in grande stile, prima o poi. Magari ci potremo riuscire per la prossima estate…»

«Hai intenzione di scontrarti ancora con *Romeo e Giulietta*?»

«Sì, forse. Ma tu non farai Romeo, quindi non provare a intenerirmi.»

Attesi una replica da parte sua, che non sopraggiunse. Per un momento restammo in silenzio, entrambi.

«Arriverai venerdì o sabato?» Ecco, non avevo resistito a lungo.

«Non credo proprio che verrò a Heathland questo fine settimana. Ho molto da fare qui.»

La sua risposta seria e decisa mi colse alla sprovvista, spingendomi ad alzarmi di scatto dal letto.

«Cosa?» Alzai la voce al punto che probabilmente anche mio padre in soggiorno mi sentì. «Chris come…»

Non sapevo come formulare la frase. Come poteva farmi questo?

«Come…? Continua, Rose. Come mi permetto di non correre da te e starmene lontano dal tuo Rostormshire? Questo stai tentando di dirmi, mostriciattolo?»

La sua risata mi fece infuriare ma allo stesso tempo ristabilì in me una sorta di equilibrio perduto nei pochi secondi precedenti.

«Stronzo… ti lancerei addosso il telefono se ti avessi qui davanti!»

«Che paura! Allora stiamo litigando…»

Ancora la sua voce dolce, calda. Che diceva una cosa esprimendone un'altra.

«Certo che stiamo litigando! Ed è colpa tua, come al solito!» Tornai a sedermi sul letto, poi mi stesi di schiena. «Non osare restare lì a fare il cretino con le ragazze dell'università!»

«Va bene, allora farò il cretino con altre ragazze, quelle che incontro al parco magari. Oppure...» Si interruppe prima che io potessi intervenire. «Oppure potrei farti un'improvvisata a Heathland per controllare che tu non abbia troppi liceali intorno.»

Nessuno di noi due era bravo a esprimere i sentimenti. Con Chris era tutto diverso. Diverso dai complimenti che avevo ricevuto da altri ragazzi, da quelli con cui ero uscita solo poche volte. Diverso anche dalla breve storia che avevo avuto con Luke Desmond, il figlio di Sir Richard, il proprietario del castello che mio padre stava restaurando.

«Stai ribaltando la questione su di me, non è giusto rompiscatole! Potrei anche picchiarti, lo sai?»

«Si sta avvicinando Natale. Dovresti essere un po' più buona con tutti, anche con me.»

«Non ci contare, io sono Scrooge al femminile... anzi, sono il Grinch!» Strinsi forte il telefono, per non lasciarlo andare. Sapevo che presto avrebbe riagganciato. «E ho una gran voglia di litigare con te dal vivo.»

«Allora tra tre giorni potrai farlo comodamente.»

«Quindi non hai poi così tanto da fare lì...» sbuffai passando il telefono da una mano all'altra. «Oltre a cercare le ragazze in università, al parco...»

«In palestra, anche...»

«Mmh...» La palestra non l'avevo considerata! «Vai in palestra? Perché non lo sapevo? Da quando? In quale palestra? Quante volte?»

«Allora sei proprio gelosa, non stai scherzando!»

«Certo che non sono gelosa! Non dire assurdità, era tanto per chiedere. Cosa credi, che io...»

No, non ero gelosa. Ero tremendamente gelosa. Sally aveva ragione, essere gelosa per me era un eufemismo.

«Mi manchi anche tu, Rose. E devo finire un progetto che vorrei mostrare a Ned. Ho iniziato anche un nuovo dipinto. Non ho tempo per la palestra.»

«Chris... stai per riagganciare, vero?» Restavo sempre la solita Rose. Viziata e un po' egoista. «No, aspetta un attimo, non riagganciare ancora... Mi sembra di aver dimenticato di dirti qualcosa...» E anche decisamente manipolatrice, come Chris mi aveva rinfacciato spesso.

«Non riaggancio. Ma tuo padre ci ucciderà per quanto gli facciamo spendere in telefono, lo sai?»

Chris aveva ragione. Era quasi sempre papà a chiamarlo, per poi passare a me la telefonata dopo qualche minuto di conversazione in cui chiedeva a Chris come stava e come procedeva lo studio. Forse gli telefonava anche prima, ma non mi era mai sembrato che lo facesse così spesso. Magari perché quando ci trovavamo a Londra non lo riteneva necessario. Mi chiedevo se questo fosse il suo modo di dimostrarci che approvava la nostra relazione. Telefonava anche a Daisy, ma non tanto quanto a Chris. Daisy, del resto, aveva uno spirito più indipendente e viveva con Alan.

In ogni caso presto avrei dovuto affrontare davvero il discorso con papà. Io e Chris stavamo insieme, dopo il liceo sarei tornata a Londra e la nostra storia sarebbe diventata davvero seria. Non riuscivo ancora a immaginare l'idea di vivere con lui, ma era ciò che desideravo. Quindi papà a quel punto sarebbe stato davvero costretto a cambiare la sua prospettiva nei confronti di Chris, da figliastro o figlio della sua ex moglie sarebbe diventato il mio ragazzo.

Ma non era solo questo. Non era solo papà a dover cambiare la sua prospettiva. Anche io dovevo farlo. Per quanto giocassimo ancora, ci prendessimo in giro e fingessimo di litigare c'era qualcosa che non ero ancora riuscita a dire a Chris e che comportava più coraggio di quanto ne possedessi in quel momento. Lo amavo. Nemmeno lui lo aveva detto a me, non esplicitamente. Nonostante avessimo parlato di sentimenti e d'amore il nostro era stato un discorso generale.

«Allora dovrò proprio lasciarti andare...» sorrisi, chiudendo gli occhi. «L'immagine di papà che ci rincorre con una bolletta telefonica potrebbe diventare uno dei miei incubi ricorrenti. Aspetterò venerdì.»

«Anche io. Tu fai la brava, d'accordo?»

«Tenterò. Non studiare troppo, rompiscatole.» Venerdì. Non mancava molto. Gli avrei parlato venerdì. O forse il momento più giusto era Natale. La Vigilia di Natale. Capodanno... o magari il mio diciottesimo compleanno? «Chris, io... Riaggancia prima tu, mi si è impigliato il telefono nei capelli...»

«Non ho la scusa dei capelli, io...» sospirò sdegnato, poi percepii il suono della sua risata. «Ma anche io detesto riagganciare. Buonanotte, mostriciattolo.»

«Buonanotte.»

Chiusi gli occhi in attesa. Qualche istante dopo il telefono era diventato silenzioso e freddo, senza la sua voce dall'altro capo. Fu in quel preciso istante che mi chiesi cosa ne sarebbe stato di noi. Non soltanto venerdì o in quel Natale del 1999. In seguito. Stesi la mano lungo il fianco lasciando scivolare il telefono sul letto. Non ne avevo idea. Però in fondo al mio cuore avevo la certezza che Christian Warner nella mia vita sarebbe stato una presenza costante e assoluta. Forse un giorno non sarebbe stato più il mio ragazzo. Forse mi avrebbe lasciata. Ma non se ne sarebbe mai andato.

CAPITOLO 3

Soltanto qualche mese prima non avrei mai potuto immaginare, nemmeno nel più tremendo e devastante dei miei sogni o dei miei incubi, di poter vivere stabilmente a Heathland. L'avevo classificata come l'estate più orribile della mia esistenza. Invece, avviandomi verso Natale, ci stavo benissimo. Mi ero ambientata e mi sentivo a casa, tanto che Londra e quello che avevo sempre considerato il mio mondo non mi mancavano nemmeno più.

Papà non aveva venduto la casa di Chelsea, non ancora. Forse non sarebbe accaduto, ma la preoccupazione non mi assillava e non mi turbava come quando avevo ricevuto la notizia. Dalle telefonate e delle e-mail che ricevevo settimanalmente da Janet avevo scoperto che Kathleen Burnett, la mia ex rivale, era diventata ancora più primadonna nel mio ex liceo. Evidentemente aveva approfittato del fatto che le avessi ceduto completamente il campo. Ma ormai non mi importava più competere con lei ed essere la più popolare e la più adorata a scuola e tra gli amici. La mia perenne e costante rivalità con Kathleen apparteneva al passato.

Mi importava della mia nuova vita. Mi importava dei miei nuovi amici. Mi importava di Chris e di papà. E sì, in fondo mi importava anche del fatto che il lavoro al Desmond Castle procedesse nel migliore dei modi.

«Quindi, al castello tutto bene?»

Non comprendevo molto i dettagli tecnici, ma facevo in modo di informarmi costantemente e dimostrare a papà il mio interesse nei confronti del suo lavoro.

«Sì, piccola. Tutto bene.» Mio padre mi rivolse un sorriso tranquillo. Ovviamente non potevo sostituire Chris e avviare con lui una conversazione sui problemi tecnici e architettonici riguardanti i progressi al castello, ma facevo del mio meglio per tentare di comprenderlo e sostenerlo. «Gran parte dei lavori sono stati già programmati e abbiamo finalmente un'idea del tempo necessario per portarli a termine. Tutta l'area riguardante la rappresentazione teatrale è già utilizzabile ed è molto migliorata rispetto a quest'estate, quando avevate solo una parte della sala e un palco improvvisato. Riusciremo a migliorarlo ancora prima dello spettacolo, anche le nuove scenografie saranno pronte. E poi… a giorni le stanze che fanno parte dell'ala ovest saranno completamente agibili, anche quelle dei piani superiori.»

«Mmh…» Non ero certa di cosa intendesse con ala ovest, ma non aveva importanza. Decisi di non approfondire. Papà cercava sempre di esprimersi con chiarezza perché io capissi. «Bene, sono contenta.»

«L'ala ovest comprende la stanza di Cassandra Desmond, Rose…»

Lo sguardo di mio padre si focalizzò su di me e io appoggiai la tazza della colazione sul tavolo.

Cassandra Desmond? Non avevo mai sentito pronunciare il suo nome, ma qualcosa mi disse che avevo già avuto a che fare con questa probabile antenata dei Desmond. Rivolsi a papà uno sguardo interrogativo per spingerlo a proseguire.

«Cassandra era una trisavola di Richard Desmond. Ha avuto una vita travagliata e sembra che si sia macchiata di un delitto. Dicono che fosse una strega.»

Allora non mi sbagliavo. E probabilmente papà me lo stava raccontando prima che io venissi a saperlo da qualcun altro. La stanza di Cassandra era quella in cui Luke Desmond mi aveva trascinata nel periodo in cui ci eravamo frequentati e io mi ero convinta di essere innamorata di lui, mentre in realtà volevo

19

soltanto portarlo via a Kathleen. La stanza in cui Chris era intervenuto a difendermi, lui e Luke si erano quasi picchiati... anzi senza quasi... e io... Insomma, io avevo combinato uno dei miei soliti disastri, anche se in quella circostanza non era stata tutta mia la colpa.

«Mi piacerebbe sapere qualcosa di più su di lei. La sua storia mi incuriosisce. Davvero ha ucciso qualcuno?»

Decisi di archiviare completamente l'episodio che mi riguardava per concentrarmi sulla storia di questa donna misteriosa. Una strega, un'assassina... o forse soltanto una vittima?

Rammentavo quella stanza, fin troppo bene. L'atmosfera lugubre e tetra, il letto a baldacchino al centro della stanza. Lo stemma dei Desmond, il castello con la grande aquila sovrapposta. Quei quadri appesi alle pareti, così scuri, i personaggi raffigurati avevano sguardi minacciosi, quasi crudeli. Non ero del tutto certa lo fossero davvero, forse la mia impressione era scaturita dalla situazione in cui mi ero trovata. Era sera, si stava facendo buio, avevo paura delle scale e dei corridoi che avevamo percorso per arrivare lì, di quelle pareti annerite e un po' anche dell'incertezza e del timore che provavo nei confronti di Luke.

«In realtà non so molto. Raccontano che abbia commesso un omicidio ma magari è solo una diceria, una leggenda...» Papà sorseggiò il suo caffè, poi appoggiò la tazza e si protese verso di me, fissandomi con i suoi occhi chiari, come se volesse scrutarmi con più attenzione. «Rose, tu sei davvero felice qui? Per te è stato quasi un trauma quando hai saputo che non saremmo tornati a Londra. So che hai acconsentito a restare, ma sei ancora convinta di volerlo?»

«Sì, papà... e poi comunque ormai ho iniziato la scuola...» Forse non sarebbe stato un problema trasferirmi al mio vecchio liceo dopo qualche mese, avrei potuto recuperare facilmente, anche con l'aiuto di Alison, la persona che si era sempre

occupata di me quando i miei genitori si erano separati. Però…
No, non avevo intenzione di cambiare idea e abbandonare
Heathland. «Io sono felice qui. Davvero. Anche se Londra mi
manca un po'… e Janet, Daisy, tutti i miei amici lì. Ma ne ho
trovati anche qui e mi sono impegnata con lo spettacolo, quindi
sono convinta a restare. È quello che voglio.»

«Quello che volevo dirti, in realtà… Rose, ci sarebbe un
problema…» Papà sospirò profondamente e si passò una mano
tra i capelli. Ecco, lo immaginavo che il suo discorso e la sua
domanda fossero il preludio di qualcosa di cui non mi aveva
ancora parlato. Forse erano solo un'introduzione per
accennarmene appena avesse trovato il modo adatto. Forse
riguardava Chris. Me e Chris nello specifico. No, non poteva
essere. Mi morsi le labbra nervosamente, in attesa. «Si tratta di
Luke. Sta per tornare e non solo per qualche giorno, come
l'ultima volta. Starà qui per un po' di tempo e trascorrerà a
Heathland le vacanze di Natale. Quindi è probabile che tu lo
incontri, il villaggio è piccolo. Vorrei sapere se questo ti crea
dei problemi, Rose. Io ho pensato che fosse meglio che tu lo
sapessi perché credo che… ovviamente ti creerà dei problemi,
considerato quello che ti è successo con lui in estate, però…»

«Ti sbagli, papà. La presenza di Luke non mi crea alcun
problema.» Rimasi in silenzio per un attimo, alla ricerca delle
parole giuste per convincere mio padre. Ovviamente la
presenza di Luke mi causava qualche problema, ma non era
nulla di insormontabile. «Tra noi c'è stata un'incomprensione o
comunque sia… ma non mi importa più di lui. Come credo a
lui non importi più di me, ormai. Quindi sono sicura che andrà
tutto bene se mi capiterà di incontrarlo.»

Non mentivo. Non aveva più alcuna importanza la storia che
avevo avuto con Luke, era come immersa in un passato lontano
che non mi riguardava più. E di certo lui non avrebbe tentato di
avvicinarmi. Però inevitabilmente quella vicenda legata a
Cassandra Desmond mi aveva costretta a pensarci, a rivivere

quelle sensazioni, quello sconvolgimento interiore che mi aveva colta impreparata e mi aveva atterrita. Annullando successivamente i miei sentimenti per Luke e risvegliando quelli per Chris, che era intervenuto per proteggermi.

Ciò che mi preoccupava era la reazione di Chris, appunto. Se entrambi si fossero aggirati per Heathland durante le feste natalizie, inevitabilmente si sarebbero incontrati tra il villaggio e il castello. La soluzione non poteva ovviamente essere che io tornassi a Londra o che Chris non restasse a Heathland... non lo avrei sopportato!

Decisi di non dire nulla a papà, almeno per il momento. Mi interessava salvaguardare la mia relazione con Chris, soprattutto perché nessuno sembrava credere molto in noi. Papà non si era ancora pronunciato, Daisy e Janet ne erano consapevoli già da un po' ma non si erano mai espresse completamente in proposito, come avevano fatto precedentemente riguardo ad altri ragazzi. Quasi come se la considerassero una fase di passaggio, non una storia vera a propria. Non paragonabile e quella che loro avevano con Alan e Freddie. Ovvio, io e Chris eravamo solo all'inizio e non avevamo avuto ancora molte opportunità di stare insieme... e poi c'era quello strano rapporto tra noi... Insomma, eravamo passati dall'essere ex fratellastri in perenne conflitto a una storia d'amore che ancora nessuno considerava tale e che forse spaventava un po' anche noi stessi.

Kathleen quando lo aveva scoperto aveva addirittura affermato che non fosse normale che io e Chris stessimo insieme, dimenticando che tra noi non c'era alcun reale legame fraterno. Probabilmente, grazie a lei, tutti i miei amici a Londra ne erano al corrente ormai. Ma non mi riguardava. Non aveva la minima importanza per me cosa ne pensassero gli altri. Se erano davvero miei amici dovevano accettare le mie decisioni. In alcuni momenti avrei voluto unire i miei due mondi... quello del mio passato a Londra e quello del mio presente a Heathland. Ma mi rendevo conto che non era possibile.

Sentivo la mancanza di Daisy, di Janet e anche di Alison, che nel corso della mia infanzia aveva riempito il vuoto lasciato dall'assenza di mia madre, occupandosi di me e di mia sorella. Però la mia decisione di restare a Heathland era irrevocabile. Heathland era il luogo che mi aveva cambiata, che aveva modificato il mio carattere impetuoso ed era diventato parte di me, con la sua semplicità, i suoi panorami, il suo cielo limpido e immenso, l'intensità selvaggia e tenera della sua natura, dei suoi campi sconfinati, delle sue distese di boschi.

Sì, restare a Heathland era la scelta giusta. Ne ero sempre più convinta. E poi mi ero presa un impegno che ero più che mai intenzionata a rispettare. O forse in fondo volevo solo dimostrare a papà di essere cresciuta e di non pensare più solo ed esclusivamente a me stessa. Volevo dimostrare a Chris di essere degna di lui in modo che non si pentisse di aver scelto me.

Ma la verità, indipendentemente da papà e da Chris, era che desideravo con tutte le mie forze dimostrare qualcosa a me stessa. Ero sempre la stessa Rose, la ragazzina irrequieta di qualche mese prima, ma non lo sarei rimasta ancora per molto. Probabilmente non sarei mai stata in grado di modificare la mia natura tendenzialmente testarda e un po' egoista, ma il sentimento che era sbocciato in me stava contribuendo a modificare il mio cuore. Non riguardava esclusivamente l'amore per Chris, era un sentimento nei confronti del genere umano nella sua interezza. E io non volevo e non potevo perderlo.

CAPITOLO 4

Ammiravo l'impegno di Sally nei confronti di Teddy. Era quasi commovente. Io mi chiedevo se sarei mai stata in grado di amare così.

Teddy Hart, figlio del giardiniere di fiducia di mio padre, era arrivato a Heathland per seguire i suoi genitori che come noi si erano trasferiti nel Dorsetshire per lavorare alla restaurazione del castello e del parco. Non lo avevo mai apprezzato davvero, lo avevo sempre considerato inferiore. Per questo motivo, nonostante lo conoscessi fin dall'infanzia, non lo avevo mai incluso nella mia cerchia di amici. Invece alla fine Teddy aveva dimostrato di essere l'unico, o uno dei pochi, su cui potevo contare davvero. Teddy era andato oltre la mia superficialità, quando tutti gli altri mi avevano abbandonata a causa del mio carattere, delle mie stupide scelte. Anche Chris in parte si era allontanato da me. Invece Teddy era rimasto.

Lui era rimasto e io avevo tentato di distruggere la sua nascente storia con Sally, spingendola verso un altro senza la minima considerazione per i suoi sentimenti.

Non ero mai stata una brava ragazza, ma la sua disponibilità nei miei confronti, la sua gentilezza d'animo aveva contribuito a risvegliarmi. Così avevo promesso, a me stessa più che a lui, di aiutarlo. Teddy aveva sempre avuto difficoltà a scuola, fin da bambino. Era incredibilmente lento nell'apprendimento, aveva problemi nella lettura e di conseguenza nella scrittura. A Londra nessuno degli insegnanti si era mai dimostrato abbastanza paziente con lui. I compagni di classe lo prendevano in giro e Teddy non aveva il carattere adatto per infuriarsi, opporsi e lottare. Così si era rassegnato e aveva abbandonato gli studi al secondo anno di liceo. Pur avendo un anno più di me era rimasto indietro di tre.

L'unico che gli aveva dato un po' di aiuto era stato Chris, ma Teddy dopo qualche tentativo aveva cortesemente rifiutato. Gli scarsi progressi lo avevano convinto a non approfittarsi della disponibilità di Chris.

Sally invece, a differenza di Chris e di altre persone, inclusa me stessa, non sembrava disposta ad arrendersi. Teddy si stava seriamente impegnando, quindi la sua difficoltà nel riconoscere le parole non era imputabile a una negligenza da parte sua. Sally voleva comprendere cosa fosse alla base del suo problema e si era rivolta anche ad Ivy.

Io invece stavo rivolgendo la mia scarsa pazienza e la mie quasi inesistenti doti di empatia ai bambini della St. Andrews, la scuola elementare del villaggio. Cercavo di impegnarmi al meglio delle mie possibilità. In realtà davo solo una mano ad Ivy, aiutavo alcuni dei piccoli a fare i compiti prima di coinvolgerli nella preparazione di *A Christmas Carol*, nel pomeriggio.

Sir Richard ci aveva nuovamente messo a disposizione il castello per le prove e la rappresentazione. Anche se spesso assumeva uno sguardo rigido e severo e aveva quegli occhi grigio azzurri così gelidi, che in parte mi ricordavano Luke, era un uomo buono e sensibile. Non sembrava risentito nei miei confronti per quello che era accaduto con il figlio. Gran parte della responsabilità era di Luke, ma anche io avevo le mie colpe. Non tanto per essermi tirata indietro all'ultimo momento quando lui aveva preteso di più da me, ma per averlo convinto di provare sentimenti che in realtà non provavo affatto. Ovviamente questo Luke non poteva immaginarlo, quindi mi aveva ferita comunque con i suoi gesti e le sue parole. Ma era qualcosa che io sapevo, così anche se agli occhi di tutti gli altri ero stata io la vittima, mi sentivo intimamente responsabile.

Quella che invece sembrava provare un vero e proprio astio nei miei confronti era Esther, moglie di Sir Richard, la madre di Luke. Forse non mi aveva mai presa in particolare simpatia, forse fin dall'inizio, fin dal primo incontro durante la nostra cena ufficiale, aveva preferito Kathleen a me. Kathleen oltre mia acerrima nemica al liceo era anche la figlia di Simon Burnett, il socio di mio padre. Per cui la nostra rivalità si estendeva a tutti i livelli.

Comunque dopo "l'incidente" tra me e Luke, che era stato classificato come "incomprensione" e poi archiviato nel corso delle settimane, avevo il sospetto che Lady Esther non avesse perdonato né me né la mia leggerezza di adolescente inesperta e troppo avventata. Non mi aveva più rivolto la parola, a ogni nostro incontro mi aveva ripetutamente ignorata. Forse era stata una coincidenza. Ma la coincidenza si era ripetuta un po' troppe volte perché potessi crederci.

«Temo che non sia stata l'idea migliore affidare la parte di Scrooge a Rocky.»

La voce di Ivy mi distrasse dalle mie meditazioni e tornai a fissare l'attenzione sul palcoscenico.

Io e Ivy ci eravamo sistemante a poca distanza, pronte a intervenire con suggerimenti e consigli per aiutare i bambini con le loro battute. Avevamo però convenuto che abituarli fin da subito al palco e alle sue dimensioni fosse la scelta migliore. Soprattutto ora che era notevolmente migliorato, era bene che prendessero confidenza anche con la scenografia.

«Io non riesco a pensare a nessuno migliore di lui...»

Il piccolo Rocky Stone, di soli nove anni, era Scrooge a tutti gli effetti, uno Scrooge in miniatura. Anche il suo nome era piuttosto emblematico. Da questo punto di vista in parte mi somigliava, anche se io avevo occhi e capelli castani, mentre lui era biondo, con grandi occhi azzurri ma l'espressione perennemente truce. Da un altro punto di vista ricordava Teddy. Come lui aveva gravi difficoltà di apprendimento, ma invece di rassegnarsi e prendere le distanze dagli altri isolandosi, reagiva al suo problema e alle conseguenti derisioni da parte dei compagni, in modo aggressivo, quasi violento. Gli insegnanti lo avevano classificato come "bambino difficile" e avevano smesso di concentrare gli sforzi su un suo possibile miglioramento.

Coinvolgerlo nello spettacolo era stato un azzardo, da parte mia e di Ivy. Ce ne rendevamo conto. Ivy forse ancora più di me. Ma la mia propensione alle sfide quasi impossibili non si era placata del tutto. Anche se, a così breve distanza dal Natale e quindi dal giorno dello spettacolo, i giorni sembravano scivolarci tra le mani, la necessità di essere preparati al più presto era pressante e il rischio stava diventando sempre più evidente.

Io avevo visto Rocky e lo avevo preso a cuore fin dal primo istante. Io avevo convinto Ivy che era il ragazzino giusto per interpretare Scrooge, anche se lei si era dimostrata un po' scettica. Se anche lo spettacolo natalizio fosse fallito, come quello di fine estate, sarebbe stata ancora una volta colpa mia. Avrei dimostrato quanto le mie scelte e la mia comprensione delle persone fossero un disastro completo.

«Fermi… fermi… ripetiamo la scena tra Scrooge e l'arrivo del fantasma del Natale passato…» sospirai richiamando il piccolo fantasma in scena, dopo che Rocky lo aveva quasi terrorizzato mostrandogli un pugno a poca distanza dal naso. «Rocky, non importa per ora se non ricordi la battuta precisa. Conosci bene la scena, ormai… e non prendertela con Liam se non termina proprio con la parola esatta.»

Mi ero messa nei guai. Di nuovo. Lo sguardo adirato che mi rivolse Rocky mi ricordò quello di Mike, il primo interprete di Romeo che avevo respinto, e anche quello vagamente demoniaco di Luke. Mischiato all'espressione di rimprovero che spesso avevo letto negli occhi verdi di Chris. Prepotenza maschile in agguato, anche da parte di un bambino di nove anni. Ma perché non erano tutti dolci e remissivi come Teddy? Lanciai ad Ivy un'occhiata in cerca di soccorso.

«Stai andando bene, Rose. Tranquilla.» Ivy intercettò il mio sguardo supplichevole e annuì senza staccare gli occhi dai piccoli attori. «Sei più brava tu con loro. Con lui soprattutto. Temo che detesti qualunque tipo di autorità e io gli ricordo troppo una persona adulta.»

«Forse hai ragione tu, Ivy, gli abbiamo chiesto troppo. Mi ha sorpresa il fatto che non si sia opposto e abbia accettato di interpretare una parte nello spettacolo... Quella principale, soprattutto.»

Mi morsi le labbra concentrata sulla scena che i bambini si stavano apprestando a ripetere. Avevamo rielaborato una vecchia sceneggiatura della storia rappresentata dalla scuola elementare alcuni anni prima. Era stato molto più facile che sistemare una delle mie fiabe senza certezza del risultato.

«Io credo che lo abbia fatto perché tutto sommato desiderava attirare la nostra attenzione. I genitori sono poveri, lavorano tutto il giorno e hanno altri figli piccoli che affidano alla scuola o all'asilo. Quando tornano non hanno tempo per lui, per preoccuparsi delle sue necessità. È un bambino molto intelligente e sveglio nonostante le sue difficoltà a scuola. Avrebbe solo bisogno di altri stimoli, di essere apprezzato anche...»

Mi rendevo conto che la situazione di Rocky era addirittura peggiore di quella di Teddy. Gli Hart avevano una figlia di circa dieci anni maggiore di Teddy, sposata e che viveva a Bristol. Nonostante le difficoltà si erano sempre occupati di Teddy con affetto. Non riuscivo a pensare a una situazione come quella di Rocky. Avevo scoperto che il suo vero nome era Ronnie, da Ronald. Ma che lo avevano soprannominato Rocky per la sua propensione a fare a pugni. Con il cognome Stone poi diventava ancora più incisivo. Più venivo a conoscenza di dettagli della sua vita più sentivo crescere dentro me la voglia di aiutarlo. Ma allo stesso tempo ero consapevole di essere troppo giovane e inesperta per poterlo fare davvero.

«Se non fosse intelligente non riuscirebbe a ricordare una parte così lunga, Scrooge ha più battute di tutti gli altri.» Corrugai la fronte, osservandolo attentamente. Gli altri ragazzini, che a scuola andavano molto meglio di Rocky, sbagliavano e scordavano le battute molto più spesso di lui. «Io sto iniziando a credere che i suoi problemi scolastici e il suo carattere aggressivo siano un atto di ribellione.»

«Sicuramente lo sono, Rose.» Ivy si voltò, puntando gli occhi azzurri su di me. «Ho visto tutti recitare, qui. I bambini, tua sorella, i tuoi amici, gli altri ragazzi. Mi sono mancati solo Chris e Teddy che non erano attivamente coinvolti nello spettacolo. E tu...»

«Cosa c'entro io?» scrollai le spalle, come per togliermi di dosso la strana sensazione che mi stava portando a credere che Ivy stesse accomunando l'atteggiamento di Rocky al mio.

«Niente, dicevo così per dire...» Ivy tornò a focalizzarsi sui bambini impegnati sul palcoscenico. «Mi piacerebbe vederti interpretare una delle tue fiabe, un giorno. Magari durante l'intervallo di *A Christmas Carol*. O forse meglio come inizio o finale dello spettacolo...»

«Vuoi scoprire se sono più brava a recitare nella finzione che nella realtà? Magari potrei fare la parte della strega...» ridacchiai alzandomi in piedi. Una delle bambine, la piccola Lilly stava riscontrando qualche difficoltà nell'allacciarsi il grembiulino che indossava in scena. «Non abbiamo nulla di abbastanza natalizio, tra le mie fiabe. L'unica potrebbe essere *La piccola fiammiferaia*.»

«Potrebbe funzionare.» Ivy aggrottò la fronte, pensierosa.

«No, Ivy. Scordatelo, troppo triste e deprimente.» Risi, scuotendo decisa la testa. «Io ho già recitato abbastanza nella realtà. È più che sufficiente.»

CAPITOLO 5

«Sai cosa ho sognato stanotte? Anzi... chi?»

Il giorno seguente, dopo pranzo, mi ritrovai in biblioteca insieme a Sally. Stavamo studiando un po' in attesa di Ivy, prima di cominciare le prove quotidiane dello spettacolo. Sally ogni tanto ci dava una mano, quando non era impegnata ad aiutare Teddy con la lettura.

«Mmh... fammi pensare, è davvero difficile... Chris!» Sally incrociò le braccia, mi fissò seria per poi scoppiare a ridere. «Quando arriverà? Domani?»

«Sì, domani! Comunque no, non ho sognato lui!» ridacchiai poi scossi la testa con una smorfia. «Ho sognato... Cassandra Desmond. Cioè non sono proprio sicura fosse lei, ma si trovava in quella stanza. Insomma l'ho sognata come io la immagino, perché da quei dipinti appesi alla parete non era molto chiara, oppure io non la ricordo...»

Avevo accennato brevemente la storia di quella donna a Sally. Ancora prima di conoscere il suo nome, quando Luke mi aveva portata nella stanza misteriosa. In seguito le avevo raccontato ciò che mi aveva rivelato mio padre. Ma Sally, come altre persone del villaggio, sembravano già a conoscenza di quel passato tragico che coinvolgeva il castello e un'antenata della famiglia Desmond.

«Oddio, quasi un incubo quindi. Cosa aveva... un coltello in mano?»

«No. Aveva addosso una specie di lunga camicia da notte bianca... e correva per la stanza, per poi spalancare la finestra e affacciarsi, come per prendere aria perché non riusciva a respirare... Era molto bella, con i capelli neri e ricci, gli occhi azzurri molto profondi.» Fissai lo sguardo su Sally, mi resi conto solo in quel momento che sembrava stessi descrivendo proprio lei. «No, tranquilla... non somigliava a te. Forse solo vagamente... solo i capelli...»

Invece le somigliava davvero anche se in una versione più adulta. Però evitai di dirlo. Ma evidentemente era stata solo una mia fantasia.

«Ah, per fortuna...»

«Mi piacerebbe sapere di più su di lei. Sarei curiosa di scoprire che fine ha fatto.»

Sì, avrei voluto conoscere tutta la sua storia. Le motivazioni del delitto che aveva commesso. Chi aveva ucciso e perché. Cosa ne era stato di lei in seguito. Forse... forse l'avevano condannata a morte? Forse lei stessa era stata uccisa all'interno del castello. Ma non avrei indagato. Mi ero già messa abbastanza nei guai con la famiglia Desmond per attirarne altri scavando nel loro passato.

«La prossima volta che vedi il suo fantasma prova a chiederglielo.» Sally sollevò gli occhi al cielo, poi si posò la mano sulla bocca per trattenere uno sbadiglio.

«Quindi tu credi che sia un fantasma? Cioè... che il suo fantasma sia imprigionato nel castello? Questo significherebbe che è stata uccisa in modo violento...» Ecco, la mia immaginazione si era già avviata verso interrogativi che pretendevano una risposta. «Io credevo che fosse stata lei a uccidere qualcuno.»

«Sì, è proprio questo che si dice, la leggenda tramandata a Heathland.» Sally confermò, senza esitare. «Che un'antenata dei Desmond è stata un'assassina e la sua stanza non è stata più utilizzata da nessuno della famiglia, perché sembra che lei sia ricomparsa quando qualcuno ha tentato di appropriarsene, terrorizzando il poveretto o la poveretta. Non conosco i dettagli, è una storia da brividi e non sono mai stata molto interessata.»

«Mmh… a me invece non ha fatto paura nel sogno. Sembrava piuttosto che avesse bisogno del mio aiuto. Ma del resto io non ho mai preteso di occupare la sua stanza, quindi magari non ce l'ha con me.» In fondo lo sapevo che non sarei riuscita a resistere. Nemmeno impegnandomi. Tentai inutilmente di fissare lo sguardo sul libro di storia che avevo di fronte. Poi lo risollevai per spostarlo verso il bancone d'ingresso della biblioteca. Su Ivy per l'esattezza, che proprio in quel momento incrociando il mio sguardo mi sorrise. «Forse Ivy sa qualcosa… o magari possiamo cercare nei giornali dell'epoca!»

Mi alzai di scatto dalla sedia e feci cenno a Sally di seguirmi verso il bancone.

«Qual è il motivo di tanto entusiasmo, ragazze?»

Ivy inclinò la testa soffermando l'attenzione prima su di me, poi su Sally.

«Io non c'entro. È Rose… è sempre Rose…»

Sì, ero sempre io. Ma dopo il sogno dovevo per forza indagare, scoprire qualcosa di più. Avevo sempre trattenuto la mia curiosità ma quel sogno non poteva essere casuale, era un invito esplicito. O no? Insomma, magari Cassandra stava cercando il mio aiuto ora che la stanza era stata restaurata e resa completamente agibile. Magari il suo fantasma era davvero rinchiuso tra quelle mura e stava supplicando di essere liberato.

«Vorrei consultare dei giornali di qualche anno fa. No, insomma di molti anni fa… non sono sicura quanti…»

«Di quanti anni fa, precisamente?»

La mia domanda stava suscitando curiosità anche in Ivy, ne ero certa. Inclinò leggermente la testa scrutandomi con attenzione e sistemandosi gli occhiali sul naso.

«Non saprei… mi interessa l'epoca in cui Cassandra Desmond è stata accusata di quel delitto. Temo che siano parecchi anni fa, quindi.»

«Si potrebbe parlare di secoli, ragazzina. Almeno uno, sicuramente.»

Incredibile! Avevo spinto anche lo scorbutico signor Raymond, il bibliotecario più anziano e taciturno, a intervenire! Ecco, lui sarebbe stato perfetto per un'altra versione di Scrooge, oltre a quella mia femminile e quella infantile di Rocky. Con quell'aria imponente e un po' arcigna, sembrava pronto a dar battaglia a qualunque estimatore del Natale.

Abbandonai il pensiero per concentrarmi sulla questione che al momento rappresentava il mio maggior interesse. Scrooge o non Scrooge dovevo tentare di ingraziarmelo e spingerlo a parlare, a raccontarmi tutto ciò che sapeva.

«Lei ci potrebbe raccontare qualcosa, signor Raymond? Noi saremmo molto interessate per… una ricerca, ecco…»

Ero sempre pronta all'utilizzo del plurale maiestatis al contrario. Il mio "noi" implicava sempre un "io" che pretendeva di ricevere la dovuta attenzione. E usai la mia espressione più tenera, gli occhioni scuri e dolci, l'aria da ragazzina indifesa vivamente interessata alla storia locale.

«Non credo si sia conservato molto. Non qui, almeno. I Desmond avevano fatto in modo di occultare la notizia, i giornali locali non avevano riportato molto e quel poco era stato fatto sparire. C'era stato un giornalista però…»

Il racconto del signor Raymond si interruppe lì, su quel "però". Mi chiesi come potesse essere a conoscenza di tutti quei dettagli. Sicuramente non era ancora nato all'epoca. Era anziano sì, ma più di un secolo non lo aveva di certo. A meno che fosse un vampiro o un immortale… oppure…

No, no, dovevo assolutamente frenare la mia immaginazione! Probabilmente lo stavo già fissando come se si trattasse di una creatura soprannaturale e spaventosa di specie non ancora identificata.

«Una storia davvero macabra!»

Inaspettatamente avevamo attirato l'attenzione anche della terza bibliotecaria, la signora Rosemary. Più o meno coetanea di Raymond, era una donnina fragile e minuta, con fini capelli grigi perennemente raccolti in una crocchia. Vedova da circa vent'anni, a quanto ne sapevo io, dedicava tutta la sua esistenza alla biblioteca del villaggio. Detestava invece qualsiasi lavoro considerato femminile come ricamo, uncinetto, anche la cucina non faceva per lei.

Non avevo mai considerato il fatto che Raymond e Rosemary condividessero la stessa iniziale del nome. Forse questo costituiva un legame tra loro e Cassandra. E quindi… No, no! Anche io mi chiamavo Rose, un nome così simile a Rosemary. Potevo essere coinvolta in qualche misterioso rituale tra fantasmi e creature soprannaturali. Ma no! Dovevo assolutamente darmi un contegno, placare la mia immaginazione ormai sfrenata!

«Io ho svolto ricerche su Cassandra Desmond negli anni passati.» Rosemary proseguì spontaneamente, senza nemmeno il bisogno di essere incoraggiata. «Da quanto ho scoperto era stata costretta dal padre a sposarsi contro la sua volontà con un nobile proveniente dal Kent che non aveva mai incontrato prima del matrimonio. La cerimonia si era svolta al castello. Però Cassandra era innamorata di un altro. La notte delle nozze ha assassinato il suo sposo trafiggendolo con un coltello che aveva nascosto nella sottogonna dell'abito da sposa durante il banchetto nuziale. Ed è fuggita dalla finestra con il suo amante, un suonatore d'arpa irlandese. L'uomo da cui i Desmond avevano fatto di tutto per separarla. Però c'è anche un'altra versione dei fatti…»

«Come? Quale?»

Eravamo tutti ammutoliti al suo racconto. Stranamente era stata Ivy a intervenire prontamente per saperne di più. Sgranò gli occhi chiari su Rosemary e per un istante mi apparve come una reporter avida di notizie.

«L'altra versione è che a rimanere ucciso sia stato l'amante. Lo sposo era riuscito a difendersi dall'attacco di Cassandra, sottraendole il pugnale. Così il suonatore d'arpa sentendola gridare e temendo per la sua vita è balzato nella stanza dalla finestra e…»

«Ma… e lo sposo? E Cassandra?» A questo punto pretendevo a tutti i costi di saperne di più. «È rimasta uccisa anche lei? Questo spiegherebbe perché…»

Perché ho sognato il suo fantasma?

Inevitabilmente le scene della colluttazione tra Cassandra, lo sposo e l'amante irlandese presero vita davanti ai miei occhi. Pur non avendo idea dell'aspetto dei due uomini avevo ben chiara l'immagine di Cassandra. Però, altrettanto inevitabilmente, un'altra scena, accaduta in quella stessa stanza, si sovrappose. Chris e Luke che facevano a botte a causa mia e io…

«Purtroppo non sono riuscita a trovare informazioni precise. Quindi non so chi sia morto, chi si sia salvato, se Cassandra e il suo amante siano riusciti a fuggire e dove. È una storia tramandata negli anni, è stata anche occultata dai Desmond all'epoca, non ne andavano molto fieri.»

«Mmh… Eppure ci deve essere il modo di scoprire qualcosa di più. E io lo troverò! Magari fuori da Heathland sono state diffuse più notizie.» Mi portai una mano sulla fronte, sforzandomi di riflettere. Però se non ci era riuscita Rosemary… Magari Cassandra mi sarebbe apparsa nuovamente in sogno rivelandomi la sua verità! Ma questo evitai di dirlo. «Cioè, forse potrei tentare di scoprire…»

«Ah, dimenticavo. Il matrimonio di Cassandra si era svolto la Vigilia di Natale, l'anno dovrebbe essere il 1899.»

Un secolo esatto prima, quindi. Non che la precisazione di Rosemary servisse a molto.

«Quindi forse il suo fantasma si è risvegliato proprio ora che la sua stanza è stata restaurata, dopo un secolo.» L'intervento di

Sally spostò l'attenzione di tutti su di lei. Gli altri non potevano sapere del fantasma, perché era stata l'unica a cui io avevo raccontato il mio sogno. Le lanciai un'occhiata di avvertimento, Sally se ne avvide e tentò di rimediare. «Voglio dire… sarebbe in tema con la sua storia se accadesse.»

«Io non credo molto ai fantasmi» aggiunsi con tono seccato, mi sentivo quasi tradita. «Perché mai dovrebbero esistere i fantasmi vendicativi? Io credo di più ai fatti, ai dati storici e concreti! Lo sanno tutti che i fantasmi sono solo frutto di una fervida immaginazione e…»

Improvvisamente mi accorsi che gli sguardi non erano più puntati su di me, ma alle mie spalle. Mi stavano prendendo in giro? Corrucciai la fronte imbronciata. Così sembrava, ma da parte di Raymond e Rosemary non me lo sarei mai aspettata!

«Uhh…» percepii un soffio sul collo, poi tra i capelli, qualcosa che mi sfiorava leggermente la spalla.

Mi voltai di scatto e me lo ritrovai di fronte. No, non il fantasma di Cassandra. E nessun altro fantasma.

«Ma che stupido!» Scoppiai a ridere mentre mi stringeva tra le braccia. «Sei davvero un pessimo fantasma, rompiscatole! E poi oggi… non è giovedì?»

«Ho terminato un corso e ho anticipato di un giorno, spero di non aver sconvolto troppo i tuoi programmi.» Mi accarezzò la vita e mi fissò stringendo gli occhi su di me con aria indagatrice. «Avevi appuntamento con un fantasma? Ti ho fatto una sorpresa.»

«Io detesto le sorprese. Ma in questo caso non è tanto male, ti perdono. Anche se dovrò disdire con il fantasma.» Decisi di annullare definitivamente l'idea del fantasma, ora c'era qualcosa di più importante a occupare i miei pensieri. «Resterai qui fino a Natale? Non tornerai più a Londra?»

«Vorrei ma non posso, Rose.» Chris scosse la testa desolato. «Ho ancora un progetto da consegnare in università e un test la settimana prossima.»

«Molto ingiusto…» sbuffai irritata. «Allora forse io potrei venire con te, saltare qualche giorno di scuola, tanto…» No, non era attuabile, c'era lo spettacolo da preparare, non potevo abbandonare i bambini e le prove ad Ivy. «Magari solo un pomeriggio di shopping selvaggio a Londra. Potremmo andarci Sally, che ne pensi?»

«No, io non credo di potermelo permettere. Mi dispiace, Rose.»

Sally rifiutò la mia proposta desolata, mentre i bibliotecari anziani tornavano al loro lavoro dopo l'incursione della storia di Cassandra Desmond nella loro quotidianità.

E io tornai a sentirmi la solita, egoista e inconcludente, Rose Storm. Presa dall'entusiasmo non mi ero resa conto di aver commesso un errore proponendo a Sally una giornata di shopping e di svago a Londra. Lei non era Janet e non era nemmeno mia sorella Daisy. Non poteva comprarsi tutto ciò che desiderava solo per capriccio.

«Allora possiamo andare a bere una cioccolata al cottage, prima di andare al castello per le prove.» Mi aggrappai al braccio di Chris e sorrisi a Sally, coinvolgendo anche Ivy. «Ho imparato a farla buonissima, vi darò una dimostrazione della mia abilità!»

CAPITOLO 6

«Allora… sto aspettando!»

Dopo la cioccolata, dopo le prove al castello, dopo cena, ero seduta sulla sedia a dondolo davanti al nostro cottage color crema. Avvolta nel mio giaccone più pesante e con una coperta sulle gambe. Scrutavo l'orizzonte, tra la nebbiolina che oltre il giardinetto si faceva sempre più fitta. Probabilmente quest'anno non avremmo avuto la neve e forse era meglio così, considerati i disagi che provocava agli abitanti di Heathland.

Chris si era seduto accanto a me e mi guardava in silenzio.

«Aspettando cosa, Rose?»

«Che metti in pratica il tuo hobby preferito. Rimproverarmi per la mia stupida e insensibile gaffe con Sally quando le ho proposto una giornata di shopping selvaggio a Londra. E in realtà spesso mi devo trattenere anche quando sono tentata di parlarle dell'università perché ancora non so se non ci vuole andare o se non può!»

«Non ho nessuna intenzione di rimproverarti. Perché dovrei quando lo hai capito da sola di aver sbagliato? Però, se posso permettermi, non è molto ragionevole stare qui seduta al freddo per autoinfliggerti una punizione.»

«Chris…» Sfilai una mano dalla coperta e l'allungai verso di lui, che la strinse nelle sue. «Perché non sono mai il tipo di ragazza che dice sempre la cosa giusta al momento giusto? E perché non riesco a diventarlo?»

«Perché saresti mortalmente noiosa, forse?» Mi sfiorò il viso con le dita, dolcemente. «Rose… nessuno è perfetto. Anche io sbaglio spesso e ripetutamente.»

«Ah, sì? Tu? Allora perché io non me ne sono mai accorta?»

«Perché sono sempre stato più furbo di te a nasconderlo!» Si staccò da me, alzandosi in piedi. Poi mi tese la mano. «Ti va di fare un giro?»

«Non fino al castello, però… non mi va.»

La storia che aveva raccontato Rosemary riguardo a Cassandra non mi abbandonava. E forse mi aveva impressionata più di quanto sarei stata disposta ad ammettere. Non volevo andare al castello la sera tardi, nemmeno con Chris.

Lasciai la coperta sulla sedia a dondolo e presi la sua mano. Ci avviammo per il sentiero che conduceva verso il bosco, camminando lentamente. Chris trattenne la mia mano nella sua e io, appena fummo abbastanza lontani da casa, gli afferrai il braccio, appoggiando la tempia sulla sua spalla. Mi circondò la vita e io mi sentii riscaldata dal contatto con il suo corpo. Mi sentivo sicura con lui, protetta.

«Di cosa stavate parlando in biblioteca? Quella storia di fantasmi…»

Non avrei affrontato il discorso se Chris non mi avesse interrogata direttamente in proposito.

«No, ecco… Non stavamo parlando di fantasmi in generale…» sospirai incerta, non avevo molta voglia di parlarne e nemmeno di approfondire l'argomento. Avrebbe significato rievocare quello che era accaduto in quella stanza, non solo a Cassandra ma anche a noi. Però non aveva importanza. Del resto era stato solo uno stupido sogno e ciò che era successo faceva parte del passato ormai. «Stavamo parlando della storia di Cassandra Desmond. Lei è… era un'antenata dei Desmond, si dice abbia ucciso qualcuno.»

«Sì, ne ho sentito parlare ma non so molto…» Si fermò improvvisamente per rivolgermi uno sguardo a metà tra pensieroso e preoccupato. Sospirò increspando le labbra. «Credo che siano tutte invenzioni. Spesso se ne raccontano riguardo a questi castelli.»

«Io l'ho sognata. Era in quella stanza… Sì insomma, quella che doveva essere la sua stanza. Si precipitava verso la finestra aprendola per tentare di uscire o di respirare. Sembrava sconvolta.»

Non volevo dirgli nulla e alla fine gli stavo raccontando tutto. Aggiunsi anche i particolari che avevo scoperto in biblioteca, ciò che ci aveva raccontato Rosemary.

«Non voglio che questa storia ti spaventi troppo, Rose. Non farti suggestionare, okay?» Si fermò voltandomi verso di lui e accarezzandomi le braccia, con un respiro profondo e gli occhi verdi fissi nei miei. «Per questo non vuoi passeggiare verso il castello?»

«No… cioè… Chris, io…» Posai le mani sul suo petto, guardandolo seria negli occhi. «Io a volte ci penso e… mi dispiace. Mi dispiace così tanto averti creato delle difficoltà con i Desmond. Lo so che mi hai detto che non è stata colpa mia… però se non ci fossi stata io di mezzo non sarebbe accaduto, ecco!»

Forse le mie parole sconclusionate non erano state molto chiare, ma sapevo che lui mi aveva compresa comunque.

«Non sono più ben visto come prima dai Desmond, come all'inizio… questo vuoi dire.» Chris annuì brevemente senza staccare gli occhi da me. «Forse è stata un po' colpa tua, sì lo ammetto. E anche mia. E di Luke. Ma io ho perso il controllo e l'ho preso a pugni per difendere la mia ragazza ed è qualcosa di cui non mi pentirò mai. Non mi importa se non verrò più considerato dai Desmond o coinvolto nella ristrutturazione del castello. Di castelli da ristrutturare ce ne sono tanti, ce ne saranno altri nella mia carriera… di Rose Storm solo una…»

«Chris…»

Avvicinai il viso al suo baciandolo sulle labbra. Aveva ragione. Forse senza quell'episodio non mi sarei resa conto di ciò che provavo per lui. O mi sarei sforzata di combatterlo, con tutte le mie forze, chissà per quanto tempo ancora.

Ricambiò il bacio per poi staccarsi da me e accarezzarmi le guance, appoggiando la fronte alla mia. Mi strinsi a lui. Provavo freddo, paura ed emozione allo stesso tempo. Ero la sua ragazza. Così aveva detto.

«Tu mi rendi migliore, sempre...»

«Non voglio renderti migliore, Rose.»

«Lo fai anche senza volerlo, allora. Anche quando sei un gran rompiscatole.»

Gli strinsi le braccia intorno al collo e chiusi gli occhi. Sentii nuovamente il calore delle sue labbra sulle mie, un calore che in breve mi si diffuse per tutto il corpo. Avvampai mentre il bacio diventava più intenso, più profondo.

«Rose...»

Pronunciò il mio nome mentre io affondavo le mani tra i suoi capelli, per fare in modo che non si staccasse da me.

«Mmh...»

«Ho un brutta notizia...» Mi accarezzò i fianchi, poi lasciò scivolare le mani lungo la mia schiena. Il suo sguardo si fece improvvisamente cupo, i lineamenti più tirati. Poi si rilassò e accennò un sorriso vago, stringendo leggermente gli occhi. Non me n'ero mai resa conto prima, ma adoravo quando lo faceva. Lo trovavo irresistibile. «Pessima direi, mostriciattolo.»

«Non può essere tanto brutta, rompiscatole» ridacchiai spostando il viso nel tentativo di mordergli il collo. «E se è mediamente brutta poi io mi vendicherò. Mi devi ancora portare al concerto dei Boyzone. O di Ronan Keating, non ho ancora capito bene se si sono sciolti oppure no. Uffa, ma perché si comportano così? Come quando Robbie Williams ha lasciato i Take That. Feriscono il mio povero cuoricino innocente!»

«Ho capito, sei sempre la solita stronzetta manipolatrice. Fai in modo di assicurarti di ottenere da me quello che vuoi. È proprio intrinseco in te, Rose!» Chris scosse la testa e scoppiò a ridere. Sapevo che aveva pienamente ragione ma gli misi il broncio lo stesso. Mi posò la mano sulla testa, scompigliandomi i capelli. «Comunque la notizia è proprio brutta… Mia madre ha intenzione di venire in Inghilterra per passare il Natale insieme a me. Ha deciso che le manco.»

«Oh…» No, non era brutta. E nemmeno pessima. Era orrenda. Soprattutto combinata con quella che io avevo ricevuto nel corso della mattinata. «Anche la mia… Vuole passare con me il Natale e festeggiare il giorno del mio diciottesimo compleanno, con la grande scoperta che è una tappa importante e blablabla…» sbuffai mentre avevo iniziato a gesticolare sempre più nervosa. «Gli altri anni è sempre stata in giro a tenere concerti, senza nemmeno preoccuparsi di lasciare sole a Natale due bambine piccole! E adesso… vuole arrivare a rovinare tutto! E tua madre ti vorrà sicuramente trattenere a Londra, non ti lascerà venire qui da noi! Sarà un Natale orrendo!»

«Io voglio restare con te e con Ned a Natale. Non mi importa cosa vuole mia madre.» Chris sospirò profondamente, mi prese le mani trattenendole nelle sue e cercando di calmarmi. «Non sarà un Natale orrendo, te lo prometto.»

«Mmh… con entrambe le nostre madri intorno, che vagano per Heathland contemporaneamente. Tu come lo definiresti?»

Intrecciai le dita con le sue mentre cedevo al suo abbraccio, lasciandomi stringere. Non avrei permesso a quelle due intruse di rovinare tutto.

«Sarà solo leggermente movimentato. Ti fidi di me, Rose?»

«Non credo di avere alternativa. Comunque se le cose si mettessero male io e te potremmo sempre scappare… al concerto dei Boyzone!»

Sorrisi entusiasta baciandogli nuovamente le labbra.

«Un giorno la smetterai con queste boy band, mostriciattolo egocentrico!» sbuffò per poi scoppiare a ridere mentre tentava di farmi il solletico infilando le dita sotto al mio giaccone.

«Un giorno sì, forse… ma non oggi!»

CAPITOLO 7

Già la notizia della presenza di mia madre non mi aveva entusiasmata. L'arrivo di Karen, la madre di Chris, avrebbe inevitabilmente turbato la serenità che si era creata a Heathland. Ma di certo io non volevo che Chris rimanesse relegato a Londra solo per tenerla lontana. Natale, il mio compleanno, Capodanno... e poi se ne sarebbero andate entrambe, tornandosene da dove erano arrivate. Forse, se fossimo stati abbastanza abili e discreti, non avrebbero nemmeno capito che io e Chris stavamo insieme e non si sarebbero intromesse. Eravamo comunque discreti al momento, con papà e gli altri. Anche quando io non avevo nessuna voglia di essere discreta! Anche se papà non dimostrava di volerci ostacolare pur non essendosi ancora espresso chiaramente in proposito. Però, accidenti... quelle due erano un fastidio aggiunto alla nostra storia oltre che alla mia stabilità emotiva!

Era in programma una grande festa al castello dopo lo spettacolo natalizio dei bambini che si sarebbe svolto nella sala del teatro. Forse per rimediare alla mancata festa estiva. E anche per celebrare il progredire dei lavori di ristrutturazione. Avevano portato un enorme e sfarzoso albero di Natale al centro del salone principale e uno era stato preparato anche nel parco, dove a giorni avrebbero allestito il mercatino natalizio. La gestione di alcune delle bancarelle sarebbe stata affidata ai bambini, che avrebbero venduto alcuni dei loro giocattoli e piccole creazioni per poi donare il ricavato alla loro biblioteca scolastica.

Papà si era alzato all'alba, come al solito. E anche Chris. Entrambi si erano recati al castello e una parte di me iniziava a temere il modo in cui i Desmond avrebbero accolto Chris, soprattutto nel corso di queste giornate. Sapevo che Luke stava per tornare e speravo che questo non influisse ulteriormente, che non lo costringessero ad andarsene di nuovo. In ogni caso anche io avrei trascorso il pomeriggio al castello, per le prove dello spettacolo.

Incrociai Sally mentre oltrepassavo il cancello principale della scuola.

«Allora… andrai a Londra nei prossimi giorni?»

Appariva ancora un po' a disagio e sembrava avermi posto la domanda tanto per dire qualcosa più che spinta da un reale interesse per i miei programmi.

«No, non penso proprio di andarci. Comunque Daisy arriverà qui fra poco e mi porterà tutto ciò di cui potrò aver bisogno. Quindi non ci sarà la necessità che io faccia un viaggio inutile.» Stavo cercando in fretta un altro argomento di conversazione. Pur avendolo proposto lei stessa, Londra non era un discorso facile da affrontare con Sally. Lo shopping non era poi tanto importante, ma rischiavo di ricadere nuovamente nella discussione sui progetti universitari. «Con Teddy come sta andando? Sta facendo progressi con la lettura, mi pare.»

«Sì, decisamente!» Il volto di Sally si illuminò di un sorriso radioso e le sue guance pallide improvvisamente furono velate di un rossore che la rese ancora più graziosa. Avevo trovato l'argomento giusto, evidentemente. «Anche perché Teddy ha davvero tantissima voglia di imparare, nonostante il suo problema… la difficoltà a riconoscere alcune lettere. E poi lui è davvero adorabile e tanto paziente, non si arrabbia mai, lui è…»

«Adorabile! Sì, è proprio la parola giusta per Teddy!» confermai tentando di strizzarle l'occhio anche se non mi era mai riuscito veramente e finivo sempre per fare una smorfia inconsueta arricciando il naso.

«Ma anche Chris lo è, comunque…»

«Chris? Adorabile? Ah no, assolutamente! Chris è un rompiscatole tremendo, è un...» sbuffai alla ricerca delle parole adatte a definirlo. Perché le trovavo sempre meno quando pensavo a lui? Lo avevo sempre insultato con tanta fantasia e creatività durante la preadolescenza! Ora invece mi passava tutt'altro nella testa, nei suoi confronti. «Uno stronzo, un egocentrico, un saputello e... e mi fa impazzire ogni volta!»

«Tu sei pazza di lui, Rose. È così evidente!»

Sally aveva ragione. Chris mi faceva impazzire e io ero pazza di lui. O forse ero solo pazza in generale e basta. Non ne ero certa. L'unica certezza era che desideravo averlo accanto ogni momento. Anche quando non andavamo d'accordo, quando litigavamo e dicevo di volerlo mandare via in realtà cercavo solo pretesti per trattenerlo.

«Sally...» Ci stavamo dirigendo verso la nostra classe. Lanciai un'occhiata furtiva intorno, nel timore che qualcuno si trovasse troppo vicino a noi e ci stesse ascoltando. «Tu consideri strana la mia relazione con Chris?»

«In che senso strana?»

Sally mi scrutò stringendosi nelle spalle. Ero certa che avesse comunque compreso ciò che intendevo dire.

«Nel senso che io e Chris... insomma lui era il mio fratellastro. Lo so che non ci sono legami di sangue tra noi, ma mio padre e sua madre sono stati sposati per qualche anno, quindi... A te sembra strano che noi adesso stiamo insieme?»

«Sì, ho capito cosa vuoi dire. Ma in realtà io non vi conoscevo prima, quindi non so com'era il vostro rapporto quando i vostri genitori erano sposati. Io non vi ho mai visti davvero come fratelli. La verità è che tu dicevi che lo era solo per tenerlo a distanza, secondo me. Poi quando io ho mostrato un certo interesse per lui ti sei arrabbiata. Anzi, temevo mi volessi proprio picchiare tanto eri infuriata...» Sally cercò di mantenersi seria, ma non riuscì a trattenersi e iniziò a ridere. «Mi hai fatto paura. Allora ho creduto che non mi volessi con tuo fratello, all'inizio. Poi subito dopo ho capito qual era il tuo "problema". Lo volevi per te, era fin troppo chiaro. Non ce l'avevi con me personalmente, ce l'avevi con chiunque potesse mettere gli occhi su di lui!»

«No insomma, non ero così arrabbiata!» O forse sì, anche. Ma mi sentivo gelosa e triste, più che altro. «Comunque... mio padre non ne parla anche se sono certa abbia capito benissimo cosa c'è tra noi. Ovviamente non ci abbracciamo o baciamo in sua presenza, però non riesco a capire cosa ne pensa.»

Forse mi stavo preoccupando troppo. Dovevo solo vivere la mia storia serenamente. Continuavo a ripetermi che Chris sapeva cosa fare. Ma c'ero anche io, non potevo scaricare tutta la responsabilità su di lui. Ero sempre più convinta che la mia decisione di non tornare a Londra fosse stata davvero saggia. Così non eravamo sottoposti a giudizi e a stupide chiacchiere. Era giusto aspettare un po', il tempo avrebbe giocato a nostro favore.

«Andrà tutto bene, Rose. Chris è il ragazzo giusto per te, indipendentemente da tuo padre e sua madre. E lui... non ha mai avuto occhi che per te!»

Sally era sempre ottima nel dare fiducia alle persone, a me soprattutto. E in quel momento ne avevo un estremo bisogno.

«Sì, andrà tutto bene. Chris mi ha detto che sua madre verrà in Inghilterra per festeggiare il Natale e anche mia madre sarà qui per Natale e per il mio diciottesimo compleanno» sbuffai sdegnata sedendomi al mio banco in terza fila. «Proprio ora che mio padre si sta avvicinando ad Ivy... Chiede spesso di lei e ho notato che la guardava quando è capitato nella sala delle prove per lo spettacolo. Ma io non permetterò al raduno delle ex mogli di rovinare tutto!»

Ecco, lo avevo detto. Almeno a Sally avevo rivelato il mio "sesto senso" nei confronti di papà e Ivy. Non avevo ancora detto nulla a Chris nel timore di essere rimproverata per le mie costanti intromissioni nella vita altrui. Avevo promesso solennemente di smetterla.

«Quindi sei proprio decisa ad avere Ivy come matrigna?»

Sally, per fortuna, non mi rimproverava mai. Anche se Chris diceva di non voler cambiare "la solita Rose" io ero consapevole che certi aspetti esuberanti e un po' infantili e manipolatori del mio carattere lo infastidivano. Come io ero irritata dal suo modo di dimostrarsi maturo e responsabile, di saper gestire ogni situazione anche quando non ne aveva davvero il totale controllo. Il suo atteggiamento non mi infastidiva sempre, solo qualche volta. Ciò non influiva però sui sentimenti che provavo per lui.

«Credo che Ivy sia la più adatta a papà, anche perché...»

Il mio discorso venne interrotto dal brusio di un gruppetto di altre compagne di classe che stavano occupando i loro posti. Tra le loro chiacchiere percepii un nome e un'informazione che del resto mi era già nota, quindi non mi sconvolse anche se in parte l'avevo rimossa dai miei pensieri. Adesso tornava, più viva e reale che mai.

"Luke Desmond sta per tornare a Heathland per le vacanze di Natale. Sembra deciso a restare."

CAPITOLO 8

Non mi importava affatto del ritorno di Luke. Nemmeno se fosse stato prolungato o addirittura definitivo. Speravo soltanto che non causasse problemi al lavoro di papà.

Nel pomeriggio mi recai al castello, alcune ore prima delle prove. Sally era impegnata ad aiutare Teddy con la lettura e lo studio. Io avevo deciso di studiare un po' dopo cena, desideravo trascorrere il pomeriggio con Chris. In previsione del suo arrivo mi ero comunque tirata avanti con i compiti e presto sarebbero iniziate finalmente le vacanze di Natale.

Sospirai osservando lo spazio intorno a noi. Sarebbe andato tutto per il meglio, dovevo convincermene.

«Non guardarti intorno con quell'aria guardinga, Rose.»

Chris sorrise appoggiando le mani sulle mie spalle e accarezzandomi le braccia. Seguì la direzione del mio sguardo. Aveva ragione. Mi stavo comportando come se temessi che qualcuno ci vedesse, scoprendo così la nostra relazione segreta.

«Non lo sto facendo…» negai debolmente l'evidenza.

Chris si strinse nelle spalle staccandosi da me, prendendo le distanze con espressione desolata. Forse non capiva che non mi importava che ci vedessero, temevo soltanto di causare altri problemi a papà e anche a lui.

«Perché sei venuta prima delle prove? Non avevi altro da fare?»

Percepii nel suo tono una durezza e un distacco che mi ferirono.

«Sì, potevo studiare ma ho rimandato a stasera perché volevo stare un po' con te questo pomeriggio.» Mi morsi le

48

labbra, quasi con forza. «Ora capisco che forse non avrei dovuto.»

«Invece sì» sorrise sfiorandomi appena una ciocca che, dalla coda in cui avevo legato i capelli, mi era scivolata su una spalla. Se la rigirò intorno al dito e iniziò a tirarmela per dispetto. «Stai tranquilla però, andrà tutto bene.»

«Lo so, ma io... Chris, quando siamo soli so che va tutto bene. Invece con tutta questa gente intorno...» Lasciai vagare lo sguardo. In realtà nel grande parco del Desmond Castle non c'era quasi nessuno. Solo Tom Hart con un paio di giardinieri che stavano sistemando l'aiuola in cui si ergeva l'albero di Natale illuminato e non badavano a noi. Sbuffai abbassando il viso. «Okay, mi sento in imbarazzo. Non solo perché sei tu. Io non sono come Janet, come Daisy... No, forse Daisy non è proprio l'esempio più adatto, lei sembra la regina dei ghiacci a volte e io non credo di essere così. Però io non sono abituata e poi... Sì, va bene... anche perché sei tu e quindi mi sento a disagio. Non perché penso che sia sbagliato, anzi non lo credo affatto, però...»

Chris mi sollevò il mento e mi guardò serio negli occhi, prima di sfiorarmi le labbra con un bacio.

«Rose, ti assicuro che in questo momento a nessuno importa di noi. Dimmi la verità, di chi hai paura? Di tuo padre? Dei Desmond? Di Luke che sta per tornare?»

«Io non voglio assolutamente che ti mandino via per colpa mia, di nuovo. Non voglio che Luke si metta in mezzo, non voglio che tu litighi con lui e che vi prendiate a botte. Non voglio che papà...» Mi aggrappai al suo giubbotto, per poi risalire ad accarezzargli le spalle e il collo. «Se lui non volesse che noi...»

«Temi che tuo padre non voglia che noi due stiamo insieme?» Posò la mano sulla mia testa e poi mi accarezzò il viso. «Non ha ancora detto nulla ma sono certo che lo abbia capito. Se fosse stato contrario sarebbe intervenuto subito. In

49

ogni caso gli parlerò, quindi non agitarti più Rose. Gli chiederò ufficialmente il permesso, contenta? Comunque questo pomeriggio è andato a casa dei Desmond insieme a Simon per discutere di certe innovazioni al progetto e per decidere cosa fare per la parte della villa che devono ristrutturare.»

«No, Chris. Io non intendevo questo! Non devi chiedergli il permesso come se io fossi una fanciulla indifesa! Non siamo più nel medioevo.» Arricciai il naso in una smorfia contrariata. «E nemmeno nell'epoca di Cassandra Desmond, costretta a sposare un uomo che non aveva mai incontrato…»

Improvvisamente il sogno mi fu nuovamente davanti agli occhi e riprese vita. sembrava più intenso, più vibrante. Più reale. E più reale e più luminoso mi appariva anche il luogo in cui si era svolto, la camera da letto di Cassandra.

«Mi piacerebbe rivedere la sua stanza.» Espressi il mio proposito prima di aver avuto il tempo di riflettere. Riflettere sul fatto che fosse proprio la stanza in cui Luke mi aveva portata e Chris era intervenuto prendendolo a pugni. Pessima idea, Rose.

«Sei sicura? Se vuoi ci possiamo andare.»

Dall'indifferenza con cui accolse la proposta sembrava che Chris, al contrario di me, avesse scordato quel dettaglio. Oppure lo stava semplicemente minimizzando.

«So che è stata completamente ristrutturata ora.» Dissi qualcosa di cui entrambi eravamo a conoscenza, perché non ero riuscita a trovare nulla di meglio. «Papà mi ha raccontato. E io sarei curiosa di vederla.»

Chris annuì e mi prese la mano, dirigendosi verso la sala del teatro che ci avrebbe condotti direttamente all'interno del castello. Era incredibile come quell'ammasso di macerie che io avevo denominato inizialmente Heartstone, cuore di pietra, mi fosse diventato comune, familiare. Anche perché ormai non era più un orribile rudere, non lo era mai stato in realtà. Era un castello antico, prezioso nel suo genere. E conservava un certo fascino che qualche mese prima avevo deliberatamente ignorato. Come se quelle mura grigie e spesse possedessero realmente un'anima, un cuore pulsante. Anche se per trovarlo bisognava indagare a fondo, scavare nella pietra.

Raggiungere la stanza di Cassandra avrebbe significato ripercorrere con Chris la stessa strada che avevo percorso con Luke qualche mese prima. Sospirai rendendomi conto di quanto la situazione fosse cambiata, di quanto io fossi cambiata. Mi chiesi se anche lui stava pensando lo stesso. Avrei tanto voluto parlargliene, confidarmi. Invece lo seguii in silenzio. Fiduciosa che la sua mano stretta nella mia non mi avrebbe lasciata, non mi avrebbe tradita.

Guardai dritta davanti a me mentre percorrevo la sala del teatro, il salone principale e l'arcata ora finemente decorati e ricoperti di arazzi e drappeggi. Poi le scale e le pareti che ormai non erano più scure e lugubri, ma più chiare, luminose, con gradini solidi e sicuri. Fino a raggiungere il piano in cui si trovava la stanza di Cassandra. Così mi ritrovai di fronte a quella porta di legno intarsiato. La stessa che avevo varcato insieme a Luke ma ora così diversa, così nuova. Sembrava più lucida, come ripulita da un passato di tristezza e desolazione, tutto da dimenticare. E anche le pareti del corridoio avevano perso quell'oscurità, quell'alone opaco e un po' macabro che ricordavo e che forse era dovuto all'incendio di tanti anni prima.

«Hanno davvero sistemato questo posto...» sorrisi circondando Chris con un braccio. «Prima era così buio, le pareti erano quasi nere. Ora anche l'interno sta somigliando sempre più a un castello vero.»

«È stato a causa dell'incendio.» Chris mi attirò ancora più a sé, stringendomi la vita. «Stranamente quando il Desmond Castle doveva essere venduto e forse demolito per lasciare spazio a una nuova costruzione, è andato a fuoco... Come se si ribellasse all'idea, perché hanno appurato che l'incendio non è stato di natura dolosa. La struttura ha resistito ma è stato sufficiente per non essere venduto. Sembra che il nonno di Sir Richard avesse colto il segnale e temesse qualche ripercussione, evidentemente era un uomo superstizioso. Quindi si può dire che il castello l'ha avuta vinta!»

«Che castello furbo! Quasi più di me!»

«No, più di te è impossibile mostriciattolo!» Voltò il viso verso di me e le sue labbra sfiorarono la mia fronte. «Allora, sei davvero decisa a entrare?»

Annuii muovendomi verso la porta e posando la mano sulla maniglia. Poi la spinsi per aprire. Tutto mi appariva molto simile a prima, solo le pareti erano anche all'interno più pulite, più fresche, come rivestite di una tonalità dorata. Diedi un'occhiata intorno. Come se fossi alla ricerca non di particolari della mia visita precedente, ma di ciò che avevo sperimentato durante il mio sogno. I pesanti tendoni alle finestre erano aperti e lasciavano penetrare un po' di luce dall'esterno, nonostante la giornata fosse nuvolosa. Per il resto tutto era rimasto uguale o così mi sembrava. Il camino, lo specchio, i ritratti tra cui avrei potuto provare a riconoscere quello di Cassandra. La Cassandra del mio sogno. Diedi un rapido sguardo senza riuscire però a individuarla.

Percorsi qualche passo in direzione del letto a baldacchino con lavorazioni dorate, lo stesso dell'altra volta. Poi mi voltai verso Chris. Chiusi gli occhi un istante e la scena tra me e Luke fu di nuovo lì, ma era come se la vedessi dall'esterno, come se fossi un'altra persona che assisteva all'esperienza di una ragazza che non ero io.

Indietreggiai fino a ritrovarmi seduta sul letto e abbassai il viso, le lacrime mi salirono agli occhi improvvise, repentine. Anche così le immagini di quell'episodio non se ne andavano. Accarezzai con la mano il copriletto color avorio. Era ricamato, con fiori rosa e porpora intrecciati in uno stile che sembrava antico. Era nuovo e diverso, sapeva di fresco, di pulito.

«Rose...» Chris mi stava chiamando ma io rimasi immobile, come ripiegata in un dolore che era solo mio. «Rose, andiamo via...»

Scossi la testa e sollevai gli occhi su di lui, forzando un debole sorriso. Allungai la mano per incoraggiarlo ad avvicinarsi. Pochi passi e Chris mi raggiunse e rimase in piedi di fronte a me, stringendo la mia mano.

«Se ti fa male pensare a quello che è successo in questa stanza... io non voglio che tu stia male. Andiamo via, Rose. Ti porto ovunque tu voglia. Possiamo prenotare il prossimo concerto dei Boyzone o di Ronan Keating. O di entrambi se ci saranno. Ora andiamo a casa e guardiamo bene su internet così appena torno a Londra compro i biglietti, te lo prometto.»

«La stanza di Cassandra...» parlai ad alta voce ma era come se stessi riflettendo tra me, ignorando completamente la sua proposta. «Quando Luke mi ha convinta a seguirlo quella sera io non avevo idea di dove mi stesse portando e di cosa avesse in mente. Non mi ha forzata, ma sono contenta che non sia successo quello che lui credeva. E io... ti sono grata di essere intervenuto. Forse Luke non mi avrebbe obbligata comunque, ma quando tu sei arrivato io mi sono sentita protetta, completamente al sicuro. Sapevo che nulla di male mi sarebbe potuto accadere perché c'eri tu, Chris.» Lo guardai con gli occhi che pungevano per lo sforzo di trattenere le lacrime. «Che sei sempre stato e sempre resterai un gran rompiscatole... ma io mi sentirei persa senza di te. E non credo di averti mai ringraziato davvero per quello che hai fatto. Sì, insomma picchiare Luke forse è stato esagerato, però se non lo avessi fatto io non avrei mai capito...»

Mentre continuavo a parlare, anzi a cercare le parole per tentare di esprimere ciò che volevo dire, Chris si avvicinava a me, sempre di più. Tanto che il suo bacio non mi giunse inaspettato. Ricambiai schiudendo leggermente la bocca e circondandogli il collo con le braccia. Ero al sicuro. Ero felice e protetta. La situazione era la stessa ma allo stesso tempo era tutto, tutto diverso con lui.

Il ricordo di Luke e il sogno di Cassandra si annullarono completamente in me, mentre mi lasciavo scivolare all'indietro trascinando Chris sopra di me. Non ero certa fosse il luogo o il momento più adatto. Ma lo desideravo. L'unica certezza che avevo era che lui, Chris Warner, fosse quello giusto. L'unico per me.

CAPITOLO 9

Chris mi baciò ancora, con più dolcezza, poi rigirandosi si stese al mio fianco, dall'altro lato. Sospirò fissando il soffitto, o meglio l'intelaiatura del letto a baldacchino. Mi sollevai su un fianco per guardarlo.

«Nessuno ti ha chiesto di fermarti!» Gli rivolsi un'occhiata risentita poi ridacchiai stendendomi di nuovo, accoccolandomi più vicino a lui e scompigliando i suoi capelli. Trattenni poi la mano sul suo viso. «Perché voi uomini avete il brutto vizio di fare sempre il contrario di ciò che vi si dice?»

«Tu sei sicura di voler continuare proprio qui?»

Abbassò lo sguardo su di me, osservandomi e posando la mano sulla mia.

«Non mi importa proprio nulla del posto» sospirai infilando l'altra mano sotto il suo giubbotto per accarezzargli il petto e scaldarmi allo stesso tempo. All'improvviso sentivo freddo lì dentro. «Anche se è la stanza di Cassandra e qui... probabilmente ha ucciso l'uomo che le avevano imposto di sposare, per poi fuggire con il suo suonatore d'arpa irlandese.»

«Ah, bene. Sono irlandese anche io. Qualcosa in comune l'abbiamo.» Chris sorrise, stringendomi a sé. «Mai suonata un'arpa in vita mia, però!»

«Ah, allora non vai proprio bene. E poi tu non sei irlandese, Chris! O forse sì...»

Mi staccai da lui per un attimo, corrugando incerta la fronte.

«I miei nonni materni lo erano entrambi» rise sollevando la testa per baciarmi le labbra. «Sei una pessima ragazza, Rose... mi spingi sul letto e mi salti addosso senza sapere nulla di me. Non si fa!»

«Sì, in effetti è vero. Ora ricordo, papà o Karen devono avermelo detto… Ma non è che prima mi importasse molto, sai?» risi anch'io, mettendomi a cavalcioni sulle sue gambe. «Ero troppo impegnata a escogitare tutti i modi possibili per sbarazzarmi di te, rompiscatole!»

«E ora?» Si sollevò sui gomiti, fissandomi serio negli occhi. «Qualcosa è cambiato forse?»

«Mmh… io direi che ora…» Era il momento giusto? Posai la mano sul suo viso, percorrendolo lentamente con le dita dallo zigomo fino al mento, alle labbra per cui provavo un'attrazione irresistibile. Il suo modo di sorridere, di fare quella smorfia un po' sarcastica quando mi prendeva in giro. I miei occhi erano come incatenati ai suoi, non riuscivo o forse non volevo distogliere lo sguardo. Mi lasciai scivolare su di lui, lentamente. Sì, era il momento giusto. Anzi, era perfetto. «Chris… ora io… io ti…»

«Zitta, Rose…» bisbigliò e sgranò gli occhi, posando la mano sulle mie labbra con un gesto repentino. Come se volesse impedirmi di continuare.

«No, io…»

Come poteva dirmi di stare zitta in un momento così e rovinare tutto? Aprii la bocca, seriamente tentata di mordergli la mano.

Ma prima che me ne rendessi conto Chris si mosse, ricadendo dall'altro lato del letto a baldacchino e trascinandomi giù con sé, ma facendo in modo che ricadessi su di lui. Poi si risollevò rapidamente nel tentativo di rassettare il copriletto e i cuscini. Quando tornò ad accucciarsi accanto a me mi fece segno di tacere, portandosi l'indice davanti alle labbra.

«Non può…» sussurrai appena, indicando con la testa in direzione della porta.

Cosa non poteva? Essere qualcuno? Ora anche io percepivo dei passi all'esterno. Come avevo fatto a non sentire? Comunque, chiunque fosse, non poteva entrare! O forse sì. Non avevamo chiuso a chiave... anche perché non ricordavo ci fosse la chiave, maledizione!

Oddio! Se Chris non avesse sentito ci avrebbero beccati proprio mentre... Oh no, non ci potevo nemmeno pensare! Mi nascosi il viso tra le mani, scuotendo la testa. Proprio in quel momento la porta si aprì e il rumore di scarpe diventò più acuto perché più vicino. Riuscivo a riconoscere distintamente dei tacchi alternati a un paio di scarpe maschili.

«Chris!» Lo tirai per il giubbotto per attirare la sua attenzione su di me. Gridavo senza voce, solo muovendo le labbra. Indicai nuovamente verso la porta o l'interno della stanza, oltre il letto che con la sua altezza ci proteggeva dall'essere visti. «Cosa facciamo?»

Chris si strinse nelle spalle, sgranò leggermente gli occhi con una smorfia. Sembrava quasi più divertito che spaventato. Invece non c'era proprio nulla da ridere!

«Oh, finalmente... non ne potevo più!» Una voce femminile ci giunse tenue, esitante, quasi soffocata, dall'interno della stanza. Non riuscii a riconoscerla immediatamente.

«Nemmeno io, ma ora siamo qui...» E quella voce maschile... Così roca e suadente non l'avevo mai sentita, però...

Oddio! Simon! Simon Burnett, il socio di mio padre!

Spalancai la bocca dalla sorpresa e la coprii con la mano. Fissai lo sguardo su Chris, come stordita. Lui rimase immobile, socchiuse gli occhi in attesa.

«Dobbiamo trovare il modo...» Percepii nuovamente la voce della donna. Sottile, sommessa ma allo stesso tempo invitante. «Io credo che se lasciassi Richard... Potrei farlo davvero, questa volta!»

Mi aggrappai a Chris, ancora più sconvolta di prima. Avevo riconosciuto la donna. Anche perché il nome che aveva pronunciato non poteva dare adito a dubbi. Esther, la moglie di Sir Richard! La madre di Luke.

«Non puoi lasciarlo, Esther. Lo sai anche tu che non è possibile, lo sappiamo da anni come stanno le cose.»

Anni? Mi strinsi a Chris con tutta la forza che avevo e chiusi gli occhi. Come se mi sentissi in serio pericolo. Cosa ci avrebbero fatto se ci avessero scoperti? Probabilmente nulla. Nulla di irreparabile. Sarebbe stato comunque meno grave che se fossero stati scoperti loro. A meno che… No, non sarebbero arrivati a ucciderci? Almeno lo speravo.

Improvvisamente calò il silenzio. Non parlavano più. Mi illusi che se ne fossero andati ma non li avevo sentiti muoversi verso la porta. Li sentii invece sospirare e gemere. Si stavano baciando. E l'unica idea che avevo ben chiara in mente era che io e Chris non potevamo più restare nascosti lì mentre quei due…

Improvvisamente il letto si mosse, forse perché Simon ed Esther si erano lentamente spostati fino a raggiungerne l'estremità. Uscire senza essere visti sarebbe stato impossibile per noi. Purtroppo non ci restava altro da fare che manifestare la nostra presenza. Forse non ci avrebbero puniti, visto che eravamo a conoscenza del loro segreto, però… No, qualunque cosa avrebbero deciso di fare di noi, io non potevo permettere che si spingessero oltre. Incominciavo a sentirmi troppo avvilita e anche vagamente disgustata.

Tirai il braccio a Chris, poi gli feci cenno di alzarci. Dovevamo uscire e quindi eravamo obbligati a interrompere il loro idillio. Ci avrebbero odiati ancora più apertamente per averli scoperti, ma non avevamo alternativa.

Chris invece di alzarsi scosse la testa deciso e mi indusse nuovamente al silenzio posandosi l'indice sulle labbra. Mi accarezzò dolcemente la testa, i capelli, facendomi appoggiare la testa sulla sua spalla. Poi lo vidi tastare la tasca interna del giubbotto, in cerca di qualcosa. Estrasse il suo cellulare. Non avevo idea di cosa avesse in mente mentre lo vedevo premere dei tasti, concentrato. Mi sfiorò il viso per attirare la mia attenzione su di sé, annuì e mi fece segno ancora una volta di tacere. Compresi la sua intenzione quando udii lo squillo del telefono all'interno della stanza. E non era quello di Chris.

«Maledizione... chi può essere?» La voce di Simon risuonò ancora più irritata e rauca. Furono costretti a muoversi mentre il letto scricchiolava sotto il loro peso.

Chiusi gli occhi stringendomi a Chris e nascondendo la testa sul suo petto, come in attesa dell'esplosione di una bomba a orologeria. Se ci avessero scoperti ora sarebbe stato ancora peggio per noi. Chris riagganciò rapidamente dopo altri tre squilli.

«Io devo uscire, Simon... Ho paura che qualcuno abbia sentito quel tuo maledetto telefono. Se arrivasse qualcuno qui...» Esther sembrava terrorizzata, la voce concitata e affranta. «Perché non lo hai spento?»

«Me ne sono dimenticato. Tuo marito e Ned sono ancora alla villa, non credo che a qualcuno qui...»

Simon non terminò la frase. Le scarpe di Esther ticchettarono fino all'ingresso. Probabilmente si stava sforzando di sollevare i piedi e non fare rumore con quei tacchi, senza riuscirci però. Con Sir Richard e papà lontani dal castello, davvero credevano di essere al sicuro? La porta si aprì e poi si richiuse. Possibile che se ne fossero andati? Sollevai la testa ma Chris mi trattenne. Le scarpe da uomo di Simon percorsero ancora la stanza. Dai suoni che provenivano sembrava stesse armeggiando con il cellulare. Sicuramente avrebbe scoperto che era stato Chris a chiamarlo. Oppure magari lo aveva già scoperto se era uscito il suo numero e addirittura il suo nome. Se avesse tentato di richiamarlo subito noi saremmo stati in un mare di guai!

Dopo un paio di minuti che mi sembrarono infiniti percepii i passi di Simon, poi nuovamente la porta aprirsi e richiudersi. Rimanemmo così in silenzio. Chris con i gomiti sulle ginocchia a fissare il cellulare che teneva tra le mani. Io che ero ancora indecisa tra mettermi a ridere o scoppiare a piangere.

Appoggiai la testa sulla sua spalla, in attesa. Chris mi strinse a sé posando le labbra sulla mia fronte.

«Ho avuto paura...» Sollevai gli occhi lucidi su di lui, angosciata. «Ora ti cercherà, ti chiederà perché lo hai chiamato. Devi inventarti qualcosa... Perché mai avresti dovuto chiamare Simon? Accidenti Chris, se lo avesse fatto ora... o forse lo avevi spento? Mi sento male all'idea, comunque...»

«No, tranquilla non potrà farlo. Ho nascosto il mio numero prima di chiamarlo, così Simon non sa che sono stato io. Però è stato un po' rischioso, lo ammetto...» Chris sospirò passandosi una mano tra i capelli e trattenendola per un istante. «Per fortuna erano troppo impegnati e poi troppo spaventati per rendersi conto che la telefonata proveniva proprio da questa stanza. E per fortuna nessuno ha chiamato noi, nel frattempo.»

«Non ci posso credere... ma come...» Scossi la testa, mi sembrò improvvisamente di scivolare in un abisso senza fine. «È davvero orribile quello che stanno facendo. Esther sta tradendo suo marito con... con quel viscido di Simon...»

Eravamo ancora immobili, accucciati oltre il letto a baldacchino, come se fosse diventato ormai una barriera protettiva non solo contro ciò che avevamo sentito ma anche contro le brutture del mondo.

«Noi non sappiamo come stanno esattamente le cose.» Chris mi circondò con le braccia, come me sembrava restio a muoversi dal nostro rifugio. «Non possiamo giudicare.»

«Già, lo so. Tu non giudichi mai.» Posai la fronte e lo zigomo alla sua spalla, poi risalii verso il suo viso. «Hai ragione, ma io lo trovo comunque orribile. Io non vorrei... cioè, io... non vorrei essere così. Quel che voglio dire... Non vorrei ritrovarmi in una situazione del genere un giorno, quando crescerò. Non vorrei mai...»

«A te non capiterà, Rose.»

L'espressione di Chris era tranquilla, rassicurante e decisa, così come la sua voce.

«E tu come fai a saperlo? Io potrei diventare una traditrice incallita da grande... tra qualche anno...» sospirai, chiudendo gli occhi sconsolata. «Non voglio essere così... Tu come sai che a me non capiterà?»

Mi sentii infantile e ridicola. Stavo esponendo la mia idea basata su una sensazione del momento e sull'antipatia che provavo per Esther e Simon. Razionalmente mi rendevo conto del fatto che Chris avesse ragione, noi non conoscevamo tutta la situazione, non potevamo giudicare. Ma io non potevo fare a meno di riflettere la scena a cui avevo appena assistito, anzi che avevo udito, su me stessa. E mi sentivo terrorizzata e disgustata all'idea.

«Lo so e basta.» Chris evitò di discutere e si alzò deciso, tendendomi la mano. «Usciamo di qui. Ormai se ne saranno andati e comunque... non siamo noi due a doverci nascondere, Rose. Vedi quanto siamo fortunati?»

«Mmh...» concordai e mi alzai, afferrando la sua mano. Evitai di sottolineare che però quelli che si erano nascosti eravamo proprio noi. «Andiamo in alto, proprio fino in cima al castello.»

«Non hai le vertigini?»

Mi prese la mano attraversando la stanza.

«Non più. Per oggi credo di aver esaurito la mia scorta di paura.»

Non so perché mi venne proprio quell'idea. Come se volessi respirare aria pura, ammirare il panorama e annullare l'esperienza appena vissuta, stemperarla, dissolverla, cancellarla sovrapponendo una scena migliore, degna di essere ammirata e ricordata.

Abbandonammo la stanza di Cassandra. Il corridoio era libero. Lo percorsi e seguii Chris lasciandomi guidare fiduciosa, affidandomi completamente a lui. Percorremmo altre rampe di scale, salendo sempre più. Forse avremmo raggiunto la torre, non ero mai salita oltre quel piano, nemmeno con Luke. Ormai non mi importava più di incontrare qualcuno, nemmeno Simon ed Esther. Nemmeno papà.

Chris strinse la mia mano ancora più forte per oltrepassare una vetrata, una sorta di portafinestra che conduceva verso l'esterno. Eravamo arrivati davvero alla cima del castello, la sommità da cui si scorgeva la collina e l'intera estensione del villaggio di Heathland.

Improvvisamente mi fermai e arretrai di un passo, mostrando così a Chris di non essere intenzionata a proseguire. Fui colta da una vertigine che mi spezzò il fiato e mi sentii tremare da capo a piedi. Avevo la strana e devastante sensazione di svanire nel panorama che avevo di fronte, esserne completamente assorbita.

«Va bene, Rose. Restiamo qui.»

«No, andiamo più avanti. Fino al parapetto. Ora mi passa… Io posso farcela, non mi tiro indietro.»

«Sì, puoi farcela. Ma non è necessario.» Chris tornò verso di me e mi abbracciò. Mi strinse a sé circondandomi la vita con un braccio e accarezzandomi i capelli con l'altra mano. «Stai tremando, Rose.»

«Ho solo un po' di freddo, c'è quest'aria gelida…»

Sollevai il viso su di lui, cercando le sue labbra. Non era stata solo l'aria fredda che mi sferzava a bloccarmi. Avevo bisogno dei suoi occhi, delle sue labbra. Avevo bisogno di sentire il suo calore, di essere rassicurata. Di sapere che non mi avrebbe mai lasciata sola a combattere contro un mondo che ancora non comprendevo, che non accettavo. Avevo bisogno di sentire che per noi e tra noi sarebbe stato tutto diverso.

Mi baciò le labbra con una tenerezza nuova, sconosciuta, che infuse in me una sicurezza inaspettata. Mi sciolsi dal suo abbraccio spostandomi piano verso il parapetto.

«Davvero non ho paura. Vedi, sono coraggiosa io.»

Invece non lo ero affatto. Non sapevo cosa esattamente avessi intenzione di dimostrargli. Ma non ero coraggiosa, forse soltanto un po' sfrontata. Tesi la mano verso di lui per richiamarlo a me. In realtà avevo bisogno della sua protezione da quel vento gelido, da quell'aria che preannunciava neve, a cui mi sentivo più esposta a quell'altezza e che stava imperversando su di me facendomi rabbrividire. Il mio maglione di lana e la giacca pesante non servivano allo scopo.

Chris mi cinse la vita e insieme ci spostammo ancora più avanti. A un passo dall'abisso, se non ci fosse stato il muretto protettivo. Guardai giù per un attimo e la vertigine mi colse nuovamente, sarei caduta se lui non mi avesse trattenuta.

Era pomeriggio ma già il cielo stava diventando scuro e in lontananza le prime stelle della sera iniziavano a mostrare la loro luce. Quell'attimo in cui luce e oscurità si compensano in ugual misura, al di là di ogni certezza, di ogni dubbio.

«Non guardare giù. Ti fidi di me?» mi sussurrò all'orecchio, per poi scendere a posarmi le labbra sul collo.

«Mmh... sì, credo di sì...» ridacchiai voltando il viso verso di lui. «Confido soprattutto che tu non abbia intenzione di buttarmi di sotto. Comunque questa scena fa molto *Titanic*. Ho anche il nome della protagonista, ma tranquillo io non ti abbandonerò in mezzo all'Oceano.»

«Anche perché qui l'Oceano non c'è, Rose.»

«In mezzo alle stelle, allora...» Non aveva molto senso ma la luce tenue di quelle prime stelle mi rammentò il libro che avevo letto qualche mese prima, *Tess dei d'Urberville* e quella che ricordavo essere la sua opinione in proposito. «Tu credi che le stelle siano altri mondi? Magari la nostra fortuna dipende da che mondo ci capita in sorte...»

«Sì, potrebbe essere.»

Subito dopo la mia domanda Chris mi strinse ancora più forte a sé, come se temesse di perdermi, come se potessi scivolare via dalle sue braccia da un momento all'altro.

«È strano, ma… sento più intensità a Heathland, più vita. Come non l'avevo mai sentita altrove. Anche se ho sempre adorato il Natale a Londra, con le vetrine dei negozi così splendide, tutte quelle luci… qui è una sensazione completamente diversa. Come se tutto fosse più vero.» Mi voltai completamente verso di lui circondandogli il collo con le braccia e gli rivolsi un sorrisetto scherzoso. «So già cosa stai pensando. E no, non sto facendo la poetica per ottenere qualcosa, sia chiaro. Lo capisci? Capisci cosa intendo?»

«Ah, quindi non lo stai dicendo solo per conquistarmi definitivamente?» Appoggiò la fronte alla mia sospirando sulle mie labbra. «Comunque ci stai riuscendo, forse…»

«Forse?» Mi staccai da lui, imbronciata, ma trattenendo le mani sulle sue spalle. «Come forse?»

«Pretendi la certezza assoluta, mostriciattolo?»

Rise riafferrandomi, io finsi di lottare per respingerlo ma finii per aggrapparmi completamente a lui.

«Sono sempre la solita astuta manipolatrice che pianifica il destino di tutti, dovresti saperlo» affermai con tono risentito, mentre la dolcezza nel suo sguardo avvolgeva il mio cuore a tal punto da non percepire più il freddo pungente della sera che mostrava sempre più la sua oscurità davanti ai nostri occhi.

«Quindi stai pianificando anche il mio destino?»

«Sì, certamente. Anche il tuo» annuii convinta socchiudendo gli occhi quando le mie labbra sfiorarono nuovamente le sue. «Soprattutto il tuo.»

CAPITOLO 10

Chris era davvero la mia priorità. Il suo destino. O meglio, il suo destino legato al mio. Questo avevo evitato di esprimerlo chiaramente con lui, anche se ormai per me era evidente. Poi c'erano il teatro, la scuola. Papà, Daisy e gli altri che da Londra sarebbero arrivati presto. I miei nuovi amici di Heathland. E infine anche mia madre e Karen, la madre di Chris. In quel caso il destino mi piaceva meno, anzi mi preoccupava un po'. Quindi tendevo a rimandarlo a un momento indefinito nel tempo e nello spazio. Lontano da me.

Però... la verità era che non riuscivo a non pensare a loro, alla loro presenza in quella stanza, alle loro parole. Al loro tradimento, insomma. Esther e Simon. Non mi era ancora capitato di incontrarli, avevo soltanto intravisto Simon parlare con papà la mattina seguente. Ma mi sentivo in imbarazzo alla sola idea di trovarmeli di fronte.

In ogni caso dovevo assolutamente togliermeli dalla testa. Concentrarmi sullo spettacolo e sulla recitazione dei bambini era la strategia migliore per riuscirci. E anche sulla mia storia con Chris. Anche perché ciò che stavano combinando Esther e Simon non era affar mio. Erano adulti.

«Devo tornare a Londra per qualche giorno.»

Lo immaginavo ma non riuscii a trattenere la delusione. Avevo sperato che Chris restasse già a Heathland per le vacanze di Natale. Però sapevo che doveva tornare in università. E poi c'era anche l'arrivo di Karen da mettere in conto.

«Dalla tua espressione scontenta deduco che ti dispiace.» Strinse gli occhi verdi nel suo modo abituale, mentre mi scrutava visibilmente soddisfatto.

«Solo un pochino, ma cercherò di sopravvivere! Credevo che partissi nel tardo pomeriggio o verso sera…»

Non volevo che si allontanasse da me. E lui lo sapeva. Anche se scherzando mantenevo ancora il contegno distaccato di quando ero convinta che Chris non contasse così tanto per me. Lo lasciai partire sentendomi smarrita e sola, questa volta più delle precedenti. Forse perché il nostro rapporto si era approfondito nei pochi giorni che avevamo trascorso insieme. Forse perché temevo che lasciandolo andare lo avrei perso. Del resto, poteva essere così facile perdersi. Mio padre e mia madre si erano persi. In seguito anche mio padre e Karen. E anche Sir Richard ed Esther si erano persi, pur stando ancora insieme. Quindi cosa ne sarebbe stato di me e di Chris? Lui avrebbe incontrato altre ragazze a Londra. Questa volta o la prossima… Oppure sarei stata io ad andare via?

Mentre la sua macchina si allontanava mi morsi le labbra e mi strinsi nella giacca. Lo amavo. E lui non lo sapeva. Forse lo aveva intuito. Magari per lui non era lo stesso. Ero certa che ci tenesse a me, però…

«Rose…»

La voce di mio padre alle spalle mi richiamò alla realtà. Mi voltai abbozzando un sorriso e cercando di ricompormi.

«Rose, questa storia tra te e Chris…»

Le sue parole mi giunsero inaspettate. Non ero pronta, non ero preparata a questa conversazione. Ma lo sguardo serio di mio padre mi indusse a credere che non avrebbe atteso un altro momento, un'altra occasione. Indipendentemente dal mio stato d'animo.

«Mmh…» annuii brevemente senza trovare nulla di utile da dire.

«Non sono molto sicuro…»

Anche lui sembrava alla ricerca delle parole adatte. Perché aveva aspettato che Chris se ne andasse? Perché non ci aveva affrontati insieme, direttamente? O forse lo aveva fatto? Forse Chris gli aveva davvero parlato da solo, per questo…

«Sei stato tu a mandarlo via?»

«No, certo che no.» Papà mi appoggiò una mano sulla spalla, chinandosi per incontrare il mio sguardo. I suoi occhi chiari sembravano stanchi e aveva la barba di un paio di giorni. Si stava trascurando un po' per il troppo lavoro, era evidente. «Ma tu sei ancora giovane, Rose. E Chris… Insomma, lui non è come gli altri ragazzi. Questo voglio dire. Non so se tra voi sia una buona idea, ecco. Siete entrambi giovani e poi lui…»

«Ah, no? Allora… tra te e la mamma era una buona idea? Oppure tra te e Karen? Giudichi me e Chris senza renderti conto di cosa siete in grado di combinare voi adulti!» Mi era uscito tutto d'un fiato, senza riflettere. E soprattutto senza riuscire a trattenermi. Gli occhi iniziarono a pungermi terribilmente. Mi sentivo umiliata e ferita. Forse come la ragazzina sciocca che ero sempre stata ma che ormai sentivo di non essere più. «Io e Chris non stiamo facendo nulla di male. Noi non siamo… Lo so che posso sembrare superficiale e viziata, anzi lo sono stata davvero. Forse è questo che pensi di me, ma io non sono come mia madre o Karen… e nemmeno come…»

Mi morsi la lingua per non fare il nome di Esther. Chris aveva detto che non era giusto giudicare. Allora perché papà stava giudicando me, noi? Perché anche altri si sentivano in diritto di giudicarci? O la mia era solo una sensazione dettata dall'inesperienza, dalla paura?

«Lo so che non sei come loro, Rose. Quello che vorrei dirti è che le persone sbagliano, è umano.»

«Allora io… Non posso sbagliare anch'io? Non mi importa se altri si accaniscono contro di me e contro Chris. Ma tu…» Ormai avrei dovuto proseguire, sapere. Non mi ero aspettata che papà cogliesse proprio quell'occasione per dire ciò che pensava di noi, però non potevo più tirarmi indietro e scappare via. «Mi interessa sapere cosa ne pensi tu.»

«Io… non posso negare di essere preoccupato. La verità è che…» Papà si guardò intorno, come incerto tra restare lì in piedi davanti al cancelletto del cottage da cui l'auto di Chris si era allontanata oppure entrare, sederci e discuterne più comodamente. O forse era lui ora a cercare una via di fuga per evitare di esprimere chiaramente il suo pensiero. «Mi sembra di capire che questa sia la tua prima storia che va oltre qualche uscita… e non mi aspettavo che capitasse proprio con Chris. Avevo creduto che ti fossi invaghita di Luke e che sarebbe capitato con lui, poi dopo quella disavventura…»

«Chris è un ragazzo come gli altri. Non capisco perché non possa andare bene per me, perché…»

«No, Rose.» Papà mi interruppe prima che completassi la domanda. «Chris non potrà mai essere un ragazzo come gli altri e tu dovresti saperlo. Se devo essere sincero questa storia tra di voi non mi convince affatto. Preferirei che tutto tornasse come prima. Vorrei che riflettessi prima che la relazione tra voi diventasse troppo seria.»

«Non…» scossi la testa e mi premetti la mano sulla bocca.

Non avrei mai immaginato che potesse essere così categorico. Ci mancava solo che mi vietasse di frequentare Chris! La cosa più assurda era che non l'aveva mai fatto prima, con nessuno. Non aveva mai dimostrato particolare interesse per le persone che frequentavo a Londra. Di solito era Alison a preoccuparsene. Tutta la mia vita scolastica ed extrascolastica era sempre stata affidata al giudizio e all'opinione di Alison. Anche quella che sarebbe potuta diventare la mia vita sentimentale.

La relazione tra me e Chris era già troppo seria. Almeno da parte mia. Ma a quanto sembrava nessuno era intenzionato a prendermi sul serio. Non mio padre. E ciò che mi faceva soffrire e aveva iniziato a logorarmi, forse nemmeno Chris. Perché io restavo sempre la solita sciocca e superficiale Rose Storm. Quella che si divertiva a gestire la vita degli altri, a intrecciare storie e destini di tutti coloro che incrociavano la sua strada.

Ma possibile che Chris non avesse capito? Possibile che avesse ricevuto l'ordine di mio padre di andarsene, di lasciarmi e avesse eseguito senza discutere? No, non poteva essere. Non potevo crederci. Aveva già in programma di tornare a Londra.

Lanciai un'occhiata verso il cottage, poi verso la strada. Persi per un attimo la cognizione del tempo. Era domenica mattina. La biblioteca era chiusa. Avremmo avuto le prove nel pomeriggio perché il giorno dello spettacolo si stava avvicinando, ma era ancora presto.

«Ho appuntamento con Sally...»

Non era vero. Incrociai rapidamente lo sguardo di papà e mi strinsi nelle spalle, come se stessi ammettendo una palese bugia, una colpa di cui non ero responsabile. In realtà sapevo che Sally non avrebbe potuto essermi d'aiuto. Sarei andata da Ivy. Ivy era stata la persona che mi aveva incoraggiata a comprendere i miei sentimenti per Chris. Però a questo punto temevo che se mio padre lo avesse saputo le avrebbe parlato per convincerla a schierarsi dalla sua parte, contro di noi.

Mi sentivo forte. Ma non abbastanza da lottare da sola per difendere quel sentimento che si stava impadronendo di me ogni giorno di più. Potevo anche fare a meno di tutti gli altri, anche di Ivy. Ma lui doveva esserci, Chris doveva stare con me. Perché altrimenti non avrei potuto lottare per un amore in cui io ero la sola a credere.

CAPITOLO 11

Mi augurai con tutto il cuore che Ivy fosse in casa. Sapevo che non avrebbe potuto fare nulla per far cambiare idea a mio padre, ma avevo bisogno della sua opinione in proposito e dei suoi consigli. Soprattutto speravo che potesse comprendermi, come aveva sempre fatto.

Respirai profondamente prima di bussare, appena raggiunto il suo piccolo cottage. Diversamente dalla versione estiva aveva assunto un'aria natalizia, con alberelli colorati dipinti sulle pareti delle finestre e una ghirlanda intrecciata con fili d'erba, fiori, nastrini e ghiande appesa alla porta. Pensai che sarebbe stato carino crearne una da appendere alla nostra, ma non mi sentivo dell'umore adatto. E avevo anche dimenticato di finire di decorare il nostro albero di Natale. Sarebbe stata la mia missione di questa domenica, se Chris non fosse partito prima del tempo.

«Io avevo capito che la situazione doveva sembrargli un po' strana…» sorseggiai il tè che Ivy mi aveva offerto, seduta sul divano del soggiorno. Appena era arrivata ad aprirmi l'avevo investita con un fiume di parole sforzandomi di riassumere ciò che era accaduto tra me e Chris e in seguito tra me e papà. «Però non credevo che si opponesse in questo modo… senza nemmeno ascoltare ragioni!»

«Forse c'è un motivo, Rose. Magari ti ha detto che non può considerare Chris come gli altri ragazzi o come un ragazzo qualunque che tu potresti frequentare perché con lui ha un legame diverso. In questi anni si è preso cura di lui, lo ha seguito come se fosse un figlio… Forse tuo padre intendeva questo.»

«Mmh… Sì, considerato da questo punto di vista avrebbe un senso…» sbuffai, comunque poco convinta. Forse Ivy aveva ragione, ma le sue parole non mi consolavano affatto. In ogni caso avevo la netta sensazione che papà considerasse la storia tra me e Chris una cosa di poco conto, passeggera. Esattamente com'era stato tra me e gli altri ragazzi con cui ero uscita, tra me e Luke. No, quella storia era stata diversa ancora. Inevitabilmente un pensiero richiamò un altro. Mia madre, Karen, Esther Desmond… «Mi sto chiedendo che tipo di persona diventerò. Forse sarò poco affidabile e attaccata alla carriera, come mia madre. Oppure come Karen, la madre di Chris. O come… Magari sarò una poco di buono… in parte forse lo sono già, non sono mai stata una brava ragazza. Sono ancora abbastanza egoista e superficiale. Cerco di non esserlo troppo perché non vorrei perdere Chris, ma se è nella mia natura c'è ben poco che io possa fare.»

Vidi lo sguardo di Ivy mutare gradualmente. Il suo bel viso da serio si aprì in un sorriso, poi notai che stava trattenendo una risata.

«Scusami Rose, ma sei davvero buffa a volte. Soprattutto quando ammetti così candidamente di essere egoista, di non essere una brava ragazza… Però non è così semplice, la maggior parte delle volte. Il mondo non si divide in buoni e cattivi. Ciò che voglio dire… è che nella vita non è tutto bianco o nero. Ci sono anche tante diverse sfumature. Hai presente la neve? Ecco, quando la neve scende è candida, pulita. Poi una volta a terra, tra le persone, entrando a contatto con l'umanità, si sporca sempre un po', è inevitabile. Ma i bambini ci possono giocare, la gente può ammirarla… è il bello della neve.»

«Non ci avevo mai pensato. Ivy… tu non sei come gli altri. Tu capisci sempre, sai sempre cosa dire, per ogni circostanza trovi le parole più adatte.» Sollevai la mia tazza di tè e forzai un piccolo sorriso. «Forse è un po' come dici tu… Una tazza di tè è la soluzione a tutto e se non lo è comunque aiuta. Tu stessa

71

sei così, mi aiuti sempre. Sarà una dote di voi nativi di Heathland.»

«Io non sono originaria di Heathland.» Ivy socchiuse gli occhi chiari e appoggiò la sua tazza sul tavolino. Notai il suo sguardo incupirsi, i lineamenti si fecero tirati mentre si toglieva, si rimetteva gli occhiali, per abbandonarli infine sul bracciolo del divano. A quel punto mi sembrò quasi una persona diversa, più dura, più rigida rispetto a quella che avevo imparato a conoscere da quando ero arrivata a Heathland. «Mi sono rifugiata qui per stare in pace. Ma ho commesso molti errori in passato, prima di giungere a Heathland. Credo sia stato proprio l'insieme dei miei errori a portarmi fino a qui e ad essere quella che sono adesso.»

«Però... io vedo solo quello che sei diventata ora, non ciò che ti ha portata ad esserlo.»

A questo punto la mia naturale curiosità non chiedeva altro che conoscere altri particolari sulla vita di Ivy, la sua storia precedente Heathland. Avevo dato per scontato che fosse nata e cresciuta in quel villaggio sperduto del Dorset. Invece mi aveva appena rivelato che non era così. Da dove veniva? Come mai aveva scelto di trasferirsi proprio in un villaggio così sperduto, così remoto? Per fare la bibliotecaria, poi! Il lavoro più triste e noioso che potesse esistere! Quali errori imperdonabili aveva commesso? Mi morsi le labbra per trattenere queste e tutte le altre domande che stavano sorgendo spontanee e irrefrenabili nella mia mente. Dovevo essere educata e attendere. Se avesse voluto Ivy mi avrebbe fornito le sue spiegazioni senza un mio esplicito incoraggiamento.

Invece il suo silenzio prolungato mi comunicò che non aveva intenzione di proseguire quel discorso. Decisi quindi di cambiare argomento per uscire dal disagio che si era creato tra noi.

«L'altro giorno al castello sono capitata nella stanza di Cassandra. Ora l'hanno sistemata... Tu sai se è riuscita a lasciare Heathland per sempre?»

Non avevo avuto il tempo di organizzare bene la domanda e avevo buttato lì qualche parola solo per dire qualcosa. Ivy sollevò lo sguardo su di me e corrucciò la fronte, come se fosse stata persa in altri pensieri e colta di sorpresa. Mi stavo già preparando a ripetere, invece mi rispose.

«Quello che ho sentito da Rosemary è che Cassandra ha ucciso il marito che le avevano imposto ed è fuggita con il suo amante.»

«Sì, questo lo ricordo anche io...»

«Poi si dice, ma non è del tutto certo, che sia stata fermata al porto di Weymouth. Stavano per imbarcarsi per l'Irlanda, forse poi per l'America. Mi sono dedicata a qualche ricerca personale, nel frattempo. Anche se ovviamente non ci sono certezze assolute.»

«Fermata? È stata arrestata, vuoi dire?» sospirai profondamente, portandomi una mano sulla bocca. Non sapevo che Ivy fosse così interessata alla storia di Cassandra da volerla approfondire. E comunque era stata davvero brava, era riuscita ad andare oltre le informazioni che aveva raccolto Rosemary. «Cosa le hanno fatto poi? È stata impiccata come Tess dei d'Urberville?»

«In teoria così avrebbe dovuto essere. Ma la mattina dell'impiccagione Cassandra non si trovava più nella sua cella.»

Ivy si strinse le mani e intrecciò le dita, totalmente coinvolta e immersa nella storia che mi stava raccontando. Un altro aspetto di lei di cui prima non mi ero resa conto. Come se l'alone di mistero che aleggiava intorno alla figura di Cassandra ora comprendesse anche lei.

«Quindi è fuggita?»

C'erano altre possibilità? Di certo non poteva essere evaporata e sparita nel nulla!

«Probabilmente. Ma nessuno sa dove… e soprattutto come.»

«In ogni caso non è morta! Cioè… con il tempo sarà morta, ovviamente. Ma non…» Quindi l'idea che il suo fantasma vagasse ancora per il Desmond Castle saltava del tutto. «Non è morta impiccata a Heathland. Magari non è morta nemmeno al castello. Però la sua stanza non è mai più stata occupata perché chi ci ha provato è fuggito terrorizzato. Ma se non è morta lì, non ci sarà nemmeno il suo fantasma. A meno che… sia il fantasma dell'uomo che ha ucciso. Però io ho sognato lei, almeno credo fosse lei. Ma del resto il mio era solo un sogno… Probabilmente creato dalla mia fervida immaginazione. Quindi il fantasma potrebbe davvero essere quello del marito ucciso.»

«È una teoria interessante, Rose. Meriterebbe un'analisi approfondita.»

Ivy ridacchiò afferrando un biscotto tra quelli riposti sul tavolino e lo morse con gusto.

«Però l'idea che il fantasma fosse quello di Cassandra era molto più romantica e affascinante, secondo me. Se invece è di quel povero cornuto e sfigato del marito…» sbuffai stringendomi nelle spalle. Presi anche io un biscotto e lo addentai. «Comunque spero che alla fine sia riuscita veramente a evitare l'impiccagione e a fuggire con il suo amante irlandese. Io probabilmente farò lo stesso. Non credo che qualcuno vorrà impiccarmi, anche perché non ho intenzione di uccidere nessuno. Però per quanto riguarda fuggire… Quello sì, potrei farlo davvero, a questo punto.»

CAPITOLO 12

Non lo avrei mai creduto. Invece mi ero lasciata convincere da Ivy a interpretare il ruolo della piccola fiammiferaia nella versione che io stessa avevo sceneggiato. Forse perché non mi era uscita dalla mente la storia delle stelle come mondi, quindi l'avevo legata alle stelle cadenti di cui si parla nella fiaba.

Ivy aveva apportato solo qualche piccola correzione al mio testo. Almeno così mi sarei distratta e avrei affrontato meglio la partenza di Chris, il distacco da lui. Mi sentivo inquieta. Senza sapere esattamente perché. E non dipendeva soltanto dalla "sentenza" di papà a proposito della mia relazione con Chris. Era qualcosa di intrinseco che non ero in grado di spiegare, come se avessi una sensazione spiacevole che però non sapevo motivare né definire.

Daisy mi aveva chiamata per avvisarmi che sarebbero arrivati di lì a qualche giorno. Il "sarebbero arrivati" comprendeva anche nostra madre che avrebbe occupato uno dei cottage, probabilmente lo stesso di Daisy. Non ero entusiasta di vederla e non avevo fatto nulla per nasconderlo. Forse in qualche modo era sempre stata più legata a Daisy che a me. Daisy era la maggiore e andava a trovarla più spesso a Parigi. O forse no, in realtà mamma era legata soprattutto a se stessa e alla sua musica.

Avevo fatto del mio meglio per evitare mio padre nei giorni seguenti, ma la sera ci ritrovavamo al cottage, inevitabilmente. Mi seguiva con lo sguardo come se stesse cercando un dialogo con me. E io facevo del mio meglio per non incoraggiare un ulteriore scambio di opinioni.

«Rose…» Alla fine non aveva avuto altra scelta che affrontarmi direttamente, con il tono serio e un po' triste delle comunicazioni importanti. «Rose, mi dispiace per la nostra discussione di qualche giorno fa. Sono un po' teso ultimamente, così…»

«Non c'è problema. Va tutto bene.» Sì, sarebbe andato sicuramente tutto bene. Ma io non avevo alcuna voglia di parlare della mia vita sentimentale. Nemmeno se coinvolgeva Chris e se lui non era d'accordo. «Scusa papà, sono molto stanca. E domani a scuola abbiamo l'ultima verifica prima delle vacanze di Natale.»

Così mi ero defilata ritirandomi in camera mia. Non avevo parlato con Chris da quando era partito. Pensandoci bene erano passati solo due giorni, ma io in realtà avevo l'impressione che fossero trascorsi due mesi o due anni. Avevo bisogno di lui, del suo sostegno. Tutto sarebbe stato possibile se Chris fosse stato al mio fianco, anche se non si trovava necessariamente a Heathland. Invece così, oltre a sentirmi profondamente sola, avevo la spiacevole sensazione che tutto e tutti fossero contro di me.

Mi trovavo in caffetteria con Sally e Teddy quando mi resi conto che all'insieme di persone che potevo catalogare come ostili nei miei confronti si era aggiunto un nuovo componente. Mi aspettavo il suo ritorno, visto che era già stato annunciato e avevo avuto il tempo di prepararmi all'evento. Luke Desmond era tornato a Heathland. Mi girai con la sedia voltandogli accuratamente le spalle e fingendo di non vederlo. Anche se era alquanto impossibile non vederlo, questo dovevo ammetterlo.

Squadrandolo con la coda dell'occhio notai che non era cambiato molto. Stesso sguardo incantatore, stesso viso angelico con sogghigno demoniaco incorporato, stesso corpo flessuoso e atletico, stessi capelli chiari e naturalmente mossi. Piuttosto ovvio, era trascorso soltanto qualche mese dall'ultima volta che lo avevo visto. Concentrai lo sguardo su Sally e

Teddy e sgranai gli occhi, sperando che comprendessero la mia implicita richiesta. Restare indifferenti. Come se fossimo talmente presi dalla nostra conversazione da non notare l'ingresso di Luke.

Sally fu decisamente più abile in questo e proseguì il discorso riguardante l'organizzazione delle ultime bancarelle del mercatino natalizio, quelle gestite dai bambini. Teddy invece distolse per un attimo gli occhi azzurri, per poi posarli su di me, corrugando lievemente la fronte come se volesse essere informato delle mie intenzioni.

«Sì, lo so...» sospirai attorcigliandomi una ciocca di capelli intorno a un dito. «Ho visto. Ma non cambia niente, per cui proseguiamo a parlare dei fatti nostri. Anzi, io mi prenderei un'altra cioccolata. Insomma restiamo qui e continuiamo a fare...»

«Buongiorno, ragazzi. Ciao, Rose. State parlando del mercatino natalizio? Interessante!»

A fare quello che stavamo facendo. Cioè niente di particolare. Come non detto! Non sobbalzai alla voce di Luke Desmond alle mie spalle perché Sally e Teddy avevano sollevato entrambi lo sguardo su di lui mentre ci raggiungeva. Quindi me lo aspettavo. Lo salutarono appena, con un cenno della mano.

«Ah, ciao Luke.»

Mi voltai cercando di simulare comunque un'espressione sorpresa. I suoi occhi azzurri mi agganciarono trattenendomi anche contro la mia volontà. Mi distolsi a fatica accennando un sorriso di circostanza.

«Posso sedermi qui con voi?»

Indicò la sedia di fianco alla mia, scostandola dal tavolino rettangolare che avevamo occupato, accanto a una delle finestre della caffetteria.

«Sì, certo» risposi io, per tutti. Teddy e Sally tacevano, come se spettasse a me decidere. «Strano vederti qui, Luke. Non era un luogo che frequentavi, se non ricordo male.»

«Vero. In realtà vi ho seguiti, lo ammetto. E dopo un po' sono entrato.» Luke increspò le labbra nello stesso identico modo che avevo imparato a riconoscere in lui qualche mese prima. E poi strinse gli occhi con l'espressione seducente che mi aveva catturata nel breve periodo della nostra relazione. «Vorrei parlarti da solo, Rose. Se è possibile.»

«Mmh… io non saprei…»

La sua richiesta mi colse impreparata. Non avevo nulla da dirgli. E nemmeno volevo restare sola con lui, ma non sapevo trovare motivazioni valide per rifiutare. Ero indecisa se alzarmi e trascinare Luke in un angolo perché mi dicesse quello che doveva dirmi per poi andarsene. Mi sembrava insensato chiedere a Sally e Teddy di allontanarsi dal nostro tavolo. Sarebbe stato come riconoscere a Luke un potere su di noi che non possedeva. Lui non era il signore del castello e noi non eravamo i suoi vassalli. Almeno non nella caffetteria di Heathland!

«Io devo andare a casa…» Sally scostò la sedia e Teddy la precedette, alzandosi e recuperando il suo zaino.

No, maledizione! Esattamente ciò che non volevo!

«Non dovete andarvene per forza. Se Luke ha qualcosa da dirmi può dirlo davanti a voi.» Poi mi rivolsi direttamente a Luke, con aria decisa e forse anche leggermente ostile. «Sally e Teddy sono miei amici, non ho segreti per loro.»

Non avevo motivo di accogliere la sua richiesta. E tanto meno di rispettare la sua volontà di parlarmi da solo. Non dopo come mi aveva trattata, dopo le parole che mi aveva rivolto quando mi ero tirata indietro e non avevo accettato di approfondire la nostra relazione come lui avrebbe voluto. Soprattutto non dopo la sua minaccia di allontanare Chris e di togliere il lavoro a mio padre al Desmond Castle.

«Rose ha ragione. Mi dispiace, non intendevo costringervi ad andarvene.» Luke abbassò lievemente lo sguardo. Mi parve quasi rattristato dalle mie parole, ma non avevo nessuna intenzione di cascarci. Il suo poteva essere un raggiro, una trappola per costringermi ad abbassare la guardia. «In realtà io... vorrei scusarmi per quello che è successo...»

Sally e Teddy rimasero comunque in piedi di fronte a noi. Sally indicò la porta della caffetteria con un cenno del capo e io annuii e sollevai appena la mano per salutarli, comprendendo che preferivano comunque non assistere alla nostra conversazione. Del resto ci trovavamo in un luogo pubblico e sicuramente Luke non era intenzionato ad aggredirmi.

«Scuse accettate. Però, Luke... Io non vorrei più parlarne, ecco...»

Trovai addirittura strano che ci fosse stato qualcosa tra di noi. E non perché Luke non mi piacesse o non mi attraesse fisicamente. Era sempre lo stesso, affascinante, sensuale, con quello sguardo malizioso e provocante. Però oltre a riconoscere l'oggettiva bellezza del suo corpo, del suo viso, non riuscivo a provare un sentimento nei suoi confronti e quasi mi sorprendeva il fatto di averlo provato prima.

«Io ero sempre stato convinto di poter ottenere qualunque cosa da chiunque. Soprattutto dalle ragazze, è sempre stato così. A Londra, qui... Ovunque, insomma. Era un'abitudine per me, non essere mai rifiutato. Ora ho capito che invece... sono stato uno stronzo se non peggio...» Scosse leggermente la testa. Io socchiusi gli occhi per non restare succube del suo sguardo. Da come stava ponendo la questione sembrava quasi lui la vittima, non io. «Tu potrai mai perdonarmi, Rose?»

«Io...» sospirai posandomi la mano sulla fronte. Ero troppo stanca e distratta per discutere e ribadire il mio punto di vista. Avrei avuto voglia di rinfacciargli tutti i problemi che mi aveva causato, ma oltre a sentirmi in parte responsabile a causa della mia superficialità e leggerezza, mi sentivo debole e sfinita dagli eventi recenti. «Sì, va bene. Ti perdono.»

In realtà ciò che mi indusse a perdonarlo senza discutere o tentare di metterlo in difficoltà fu una circostanza che non aveva nulla a che fare con noi direttamente. Quelle parole, quei movimenti di cui ero stata testimone pur senza assistere alla scena. La madre di Luke insieme a Simon Burnett. Iniziai inevitabilmente a chiedermi se Luke ne fosse a conoscenza. Da ciò che avevo sentito andava avanti da anni. Ovviamente il fatto che tra i suoi ci fossero dei problemi non poteva essere una giustificazione! Ripresi il controllo di me stessa e dei miei pensieri, tornando a concentrarmi sul presente, su me e Luke.

«Ti perdono ma a una condizione. Non dovrai mai più comportarti male con me. Né con me né con nessun'altra ragazza.» Forse stavo esagerando. E non specificai nemmeno cosa intendessi per "comportarsi male" ma approfittai del momentaneo potere che Luke mi stava offrendo. «E non provare mai più a ricattare mio padre, a usare la tua influenza!»

«Con te sicuramente. E va bene, anche con le altre. Ci proverò, almeno. Per quanto riguarda il resto, il lavoro di tuo padre... Mi vergogno davvero, Rose. Credimi. Ho il tuo perdono, allora...» Luke increspò le labbra nella sua tipica smorfia sensuale ma compresi che in quel momento era più spontanea che intenzionale. Per un istante sembrò che un altro pensiero gli attraversasse la mente, ma fu rapido a cambiare argomento. «Piuttosto, dimmi... Come procedono i lavori al castello? Intendevo dire... la rappresentazione al castello. Ho saputo che state andando avanti. Prima vi ho sentiti parlare anche del mercatino, è davvero un'idea carina.»

«Sì, stavamo pensando alle bancarelle dei bambini della scuola elementare. Alcuni non hanno giocattoli da mettere in vendita, ma in qualche modo cercheremo di risolvere il problema. Per quanto riguarda lo spettacolo, con *Romeo e Giulietta* al momento abbiamo chiuso. Però ci sarà comunque uno spettacolo natalizio, i bambini porteranno in scena *A Christmas Carol*. La nostra compagnia estiva obbligatoriamente si è sciolta con il ritorno di alcuni componenti a Londra e... in realtà nessuno era più particolarmente interessato a proseguire con le prove, forse anche perché ero stata io a obbligarli a partecipare. Però Daisy, Alan e...» Mi fermai prima di pronunciare il nome di Chris. Non che fosse fuori luogo, anzi. Però non volevo sbilanciare il discorso coinvolgendo la mia vita privata. Probabilmente Luke non aveva idea che io e Chris stessimo insieme e non sarei stata certo io a informarlo. «Conto però di preparare qualcosa di meglio per la prossima estate. Di sicuro avremo più tempo e saremo già più organizzati.»

«Puoi contare su di me, nel caso tu abbia bisogno.» Luke allungò una mano verso di me, ma la ritrasse poco prima di sfiorare la mia. Anche questo gesto mi parve spontaneo, non studiato. Ma non potevo averne la certezza assoluta perché rientrava proprio nel fascino tipico di Luke Desmond. Fare in modo che tutto apparisse naturale, spontaneo, vero. Come dettato da un istinto primordiale. «Per il prossimo spettacolo estivo, ma anche per questo ovviamente. Posso fare qualunque cosa, sono a tua completa disposizione.»

«Grazie» annuii con un sorriso, senza aggiungere altro. Apprezzavo l'impegno ma non avevo nessuna intenzione di incoraggiarlo. Scostai la sedia e mi alzai, come meditavo di fare già da quando avevo compreso che la conversazione si stava rivelando più personale di quanto avrei voluto. «Devo andare Luke, ho un po' di cose da studiare per domani.» Ultimamente la scusa dello studio stava diventando davvero provvidenziale. Ma con l'inizio delle vacanze presto sarei stata costretta a trovarmene un'altra. «Grazie, comunque. Non me lo aspettavo. Se avremo bisogno del tuo aiuto te lo farò sapere.»

Mi avviai decisa verso l'uscita della caffetteria. Ma Luke mi richiamò prima che potessi varcarla.

«Rose…» Mi voltai, esitando per un attimo. Rimasi immobile in attesa che terminasse la frase con cui sembrava volermi tenere in sospeso. «Potrei stupirti, questa volta. In un modo completamente diverso dall'altra. Sempre che tu me lo permetta.»

CAPITOLO 13

Non avevo nessuna intenzione di permettere a Luke Desmond di stupirmi. Nemmeno in positivo. Non ci volevo neanche pensare. E infatti avevo rimosso il suo vago tentativo di riavvicinamento concentrando tutta l'attenzione sul prossimo arrivo di Daisy, Alan e la mamma. In realtà la sua decisione di trascorrere il Natale e il mio compleanno con noi mi preoccupava. Però facevo finta che non ci fosse problema alcuno e me la stavo anche cavando piuttosto bene.

Quando me la ritrovai di fronte mi resi conto di aver perso addirittura il conto di quanto tempo fosse passato dall'ultima volta che l'avevo vista.

«Oh, Rose! Tesoro, che gioia vederti.» Prima che potessi dire una sola parola mi afferrò le braccia stampandomi tre baci sul viso. Avevo sempre trovato il suo accento francese divertente, qualunque cosa dicesse. Questo forse mi aveva indotta a disprezzarla meno, anche nei momenti più complicati, quando ci aveva lasciate sole con papà per rincorrere la sua carriera di pianista. Perché con quell'accento così carezzevole fin da piccola mi ero creata l'illusione che qualunque cosa dicesse, qualunque guaio avesse combinato, non potesse essere mai tanto male. Io purtroppo non avevo questa fortuna. «Ma quanto sei cresciuta! La mia bambina sta per compiere diciotto anni! Non ci posso credere!»

«Non sono più tanto... bambina...» sorrisi cercando di sciogliermi dal suo abbraccio.

Era sempre la stessa Isabelle. Esile, con i lunghi capelli castani che portava sempre sciolti sulle spalle. In parte le somigliavo, se non fosse stato per il fatto che lei era più alta e slanciata e con gli occhi allungati che metteva ancora più in evidenza grazie al trucco. In realtà fisicamente era Daisy a somigliarle di più. Io avevo linee più morbide. Così dicevano, esattamente. Un modo gentile per suggerirmi che era molto meglio per me non approfittare troppo di muffin, biscotti al cioccolato e barrette ripiene di caramello.

Salutai Daisy e Alan. Poi mi accorsi che con loro ma su un'altra macchina erano arrivati anche Janet e Freddie. Non me li aspettavo così presto. Avevamo preso accordi perché restassero per la festa e l'inaugurazione al castello, poi sarebbero tornati a casa per trascorrere il giorno di Natale con le loro famiglie.

Nonostante fossi felice per la loro presenza, non faceva altro che accrescere in me la mancanza di Chris. Sapevo che sarebbe arrivato presto. Non mi avrebbe lasciata sola. Ancora non aveva telefonato da quando era partito, oppure ci aveva provato senza riuscirci. Ero consapevole che a volte la linea non funzionava come avrebbe dovuto, quindi dovevo solo restare calma e aspettare.

Sospirai sforzandomi di distogliere il pensiero per non mostrarmi troppo afflitta. Vidi papà e mamma salutarsi in modo distaccato ma cordiale, scambiarsi qualche parola. Se Chris fosse tornato sicuramente sarebbe arrivata anche Karen insieme a lui e la situazione non sarebbe stata affatto semplice. Né per papà né per noi due. Forse per questo motivo non aveva ancora chiamato, era alle prese con sua madre. Sbuffai scuotendo la testa, meglio rimandare la preoccupazione a un altro momento.

Il programma prevedeva che ci ritrovassimo al castello per le prove finali. Così ci andammo tutti insieme, anche se la presenza della mamma creava uno strano squilibrio. Forse un imbarazzo e un senso di disagio che solo io provavo perché mi sembrava che tutti gli altri, compreso papà, si comportassero in modo naturale.

Stavano allestendo il salone principale per la festa, sotto la guida di Esther Desmond e di Kathleen che si comportava già, per atteggiamento e modo di esprimersi, quasi come una futura lady Desmond. Anche nell'abbigliamento e nell'acconciatura stavano diventando simili, quel tailleur classico e capelli tirati indietro che si addicevano poco a una ragazza così giovane.

Fui lieta che almeno l'organizzazione della grande festa non dipendesse da me e che Kathleen si fosse offerta di assumersene la responsabilità insieme a Mike. Ormai dall'estate erano diventati inseparabili, una coppia solida. Unita anche dal disprezzo nei miei confronti. Ovviamente poi lei aveva ottenuto l'aiuto e la guida di Esther. Si vedeva che andavano molto d'accordo, probabilmente perché erano simili. O forse solo perché Kathleen era la figlia dell'amante di Esther, quindi… Sospirai di nuovo, passandomi le mani sul viso e poi tra i capelli. Non erano affari miei, dovevo calmarmi.

Lasciai il salone mentre gli altri erano intenti ad ammirare le decorazioni e il soffitto che era stato restaurato da poco, riportando alla luce l'antico splendore. Mi ritrovai nel corridoio e cercai un angolo dove isolarmi senza essere disturbata. Avevo bisogno di lui, di sentire la sua voce. Almeno per qualche minuto. Selezionai il suo nome dal mio cellulare e chiusi gli occhi. Stava squillando. Il mio cuore sembrava seguire lo stesso ritmo in attesa che Chris si decidesse a rispondere. A un certo punto iniziai a contare gli squilli, finché la linea cadde. Imperterrita decisi di riprovare. Se il telefono suonava non era un problema di campo. Forse non lo aveva sentito, oppure lo aveva dimenticato da qualche parte. Avrebbe comunque visto le mie chiamate. Gli mandai un messaggio chiedendogli di chiamarmi appena possibile.

Tornai nel salone e mi accorsi troppo tardi che sarebbe stato molto meglio per me restare rintanata nell'angolo del corridoio o andarmi a nascondere altrove. Stavano formando le coppie per il ballo della serata della festa, che poi avrebbe segnato la vera e propria inaugurazione e riapertura del castello. Papà mi aveva accennato al fatto che i Desmond stavano addirittura pensando di lasciare la loro villa per trasferirsi lì, per riprendere e tornare a seguire la tradizione di famiglia.

Cercai di defilarmi e mi voltai, riprendendo il cellulare dalla borsetta e portandolo all'orecchio, come se fossi in procinto di parlare con qualcuno.

«Rose, proprio di te avevamo bisogno!»

In un attimo Kathleen mi raggiunse e si posizionò di fronte a me, sbarrandomi il passaggio, come una predatrice che era appena riuscita ad accerchiare e catturare la sua preda. A quel punto fui costretta a rassegnarmi, anche perché non potevo più fingere di parlare al telefono se dall'altro capo non c'era nessuno a rispondermi. Kathleen era troppo vicina, lo avrebbe capito immediatamente.

«Io in realtà dovrei fare una telefonata, è piuttosto urgente.»

Ci provai comunque, sperando che Kathleen avesse la bontà e la compassione di risparmiarmi. Non avevo nessuna voglia di mettermi a loro disposizione e seguire i passi di un ballo tipico dei tempi di Jane Austen, di quelli descritti nei suoi romanzi, in cui il contatto fisico era limitato ma comportava tutto un incrocio di mani, di braccia, di sguardi soprattutto. Ma forse stavo chiedendo troppo. Kathleen non era buona e non era compassionevole, soprattutto non lo sarebbe mai stata con me.

«Non essere sciocca, puoi telefonare più tardi!» Mi trascinò per un braccio, decidendo per me. «Noi abbiamo bisogno di te ora, ci manca una ragazza per formare le coppie!»

Kathleen mi affidò a Esther che dopo aver finto di girarci intorno per qualche minuto mi mise di fronte a Luke. Vestito con camicia di pizzo, giacca e cravatta sembrava davvero sbucato da un romanzo della Austen, un Mister Darcy in versione giovanile. In totale contrasto con i miei jeans e maglione bianco di lana grezza.

Non era nemmeno il caso che Esther si perdesse in tante cerimonie quando la scelta era così ovvia e scontata. Kathleen sarebbe stata in coppia con Mike, Daisy con Alan, Janet con Freddie. Luke restava al momento l'unico ragazzo a disposizione. Gli adulti non avrebbero partecipato alle prove del ballo tradizionale e si limitavano a osservarci mentre bevevano, mangiavano salatini e dolcetti e discutevano ancora del castello, della ristrutturazione e dei vari miglioramenti effettuati e da effettuare prossimamente.

«No, io...» Aggrottai la fronte, ritrovandomi a pochi passi da Luke. Sospirai facendo un passo indietro, mentre gli altri si stavano prendendo le mani seguendo l'indicazione di Esther che aveva appena posizionato un disco su un vecchio grammofono. «Mi dispiace ma io non posso proprio. Sono impegnata.»

Luke strinse gli occhi azzurri quasi con furia, temetti per un istante che volesse aggredirmi o rimproverarmi. Il suo viso tirato mostrava un sentimento a metà tra delusione e risentimento.

«Va bene...» disse invece, senza scomporsi, rilassando i lineamenti. «Come preferisci. Se non te la senti...»

«Come? Cosa significa?» Kathleen in una frazione di secondo ci fu accanto. «Cosa significa che non te la senti? Oddio Rose, è solo un ballo! Qui non c'è nessun'altra ragazza e Luke ha bisogno di una compagna! Non essere ridicola, sempre per attirare l'attenzione su di te!»

«Ma io so... so che Sally e Teddy stanno per arrivare. E anche altri ragazzi e ragazze, nostri compagni di scuola, per vedere il castello prima della festa. Qualcuno di loro potrebbe partecipare, così Luke avrà una compagna per il ballo. Saranno più che contente di...»

«Non vedo proprio la necessità di aspettare, quando ci sei già tu, Rose.» Esther si avvicinò, occupando l'altro lato. Mi sentivo accerchiata, anche perché erano entrambe più alte di me. Mi rivolse uno sguardo gelido, che non avrebbe accettato scuse, e proseguì con tono ancora più aspro. «E visto che sei sola, non comprendo il tuo rifiuto. Non vedo il tuo ragazzo qui intorno, o sbaglio?»

Ah, così non comprendeva il mio rifiuto! Forse aveva rimosso ciò che era accaduto tra me e suo figlio qualche mese prima. Oltre al fatto che obbligandomi non stava rispettando la mia volontà. Forse era un'abitudine di famiglia!

«Come ho già detto, ho tentato di spiegare…» Tossii per schiarirmi la voce, sentendo che mi raschiava la gola. Avevo bisogno di mettere in chiaro il mio punto di vista, non avrei permesso né a Kathleen né a Esther di imporsi su di me rendendomi succube di loro. «Sono impegnata. Se parteciperò al ballo ballerò con il mio ragazzo, solo con lui, con nessun altro. E se lui non ci sarà, allora… preferisco evitare di ballare. Ecco.»

«Tutto questo è ridicolo, lasciatelo dire…» Esther mi puntò addosso uno sguardo irritato e scosse la testa, costernata dalla mia ostinazione. Gli occhi grigi divennero più scuri, intransigenti, quasi feroci.

«Per me un impegno è importante, non è un gioco.» Dovevo fermarmi, non proseguire oltre. Magari abbassare la testa e ritirarmi senza controbattere ancora. Invece mi sentii le guance andare a fuoco, mentre gli occhi mi pungevano nello sforzo di trattenere le lacrime. Dovevo ammettere però che era subentrata anche una buona dose di rabbia in me e ora lottava contro la voglia di piangere. Comunque ero consapevole di non dover infierire, che non era assolutamente il caso di esprimere a parole ciò che pensavo. Ascoltare la voce della ragione, tacere. Al contrario puntai gli occhi su Esther Desmond, più risoluta che mai. «Poi forse qualcuno si comporta diversamente, ma io non sono così. Io ho rispetto per la mia relazione, per me è una cosa seria. Anche se forse altri la sminuiscono e non la considerano tale. Io non sono come… io non tradisco…»

Mi posai la mano sulla fronte, mi mancava l'aria, faticavo a respirare. Avevo esagerato. Me ne resi conto ancora di più quando notai gli occhi di Esther sbarrati su di me. Non esprimevano nemmeno odio o rancore, ma soprattutto perplessità mista a timore. Probabilmente aveva compreso che sapevo, che in qualche modo conoscevo il suo segreto. E si stava chiedendo come.

«Ovvio che altri sminuiscano la tua avventuretta con Chris! Ma ti sembra una cosa normale?» Dopo qualche istante di silenzio, l'intervento di Kathleen non mi sorprese. «Siete cresciuti come fratelli e ora improvvisamente state insieme! C'è qualcosa di malato in tutto questo... oltre al fatto che adesso stai facendo tutte queste storie e ti atteggi a gran signora impegnata per una relazione che sicuramente sarà uno dei tuoi soliti capricci da bambina viziata! Hai sempre fatto così, Rose. Con tutti!»

Con tutti? Chi intendeva? Luke? Con lui era finita perché era stato aggressivo nei miei confronti. Ma non avevo mai davvero frequentato altri ragazzi. L'unico con cui avevo avuto problemi precedentemente era...

«Mi hai rifiutato con la scusa che essendo il fratello del ragazzo di tua sorella per te ero io stesso come un fratello... E poi ti vai a mettere con uno che è veramente il tuo fratellastro? Sei ridicola, Rose.»

Mike, appunto. Dovevo aspettarmi che prima o poi mi rinfacciasse i miei torti nei suoi confronti. Ma non avrei mai creduto che lo facesse così pubblicamente. Affiancandosi a Kathleen, incrociò le braccia al petto, poi si strinse nelle spalle e le lasciò scivolare una mano lungo la schiena.

«Allora non hai proprio capito, Mike.» Strinsi i pugni, cercando di trovare in me stessa la forza di rispondere. Nonostante anche Daisy, Alan, Janet e Freddie si fossero avvicinati ormai, nessuno poteva aiutarmi o difendermi. Ero sola. «Ti ho detto che ti consideravo un fratello perché non volevo offenderti dicendoti che non provavo nulla per te. Non quel tipo di sentimenti che tu ti aspettavi da me. Lo avresti preferito? Se è così mi rendo conto di aver fatto male a non dirti la verità in modo più brutale. Per quanto riguarda Chris… è vero, siamo cresciuti insieme negli ultimi anni. Mio padre e sua madre sono stati sposati. Ma non provate a dirmi che c'è qualcosa di sporco o innaturale nella nostra storia, perché io non ve lo permetto! E se volete crederlo sono affari vostri. Per quanto mi riguarda io non cambio di certo idea o i miei sentimenti per lui! E voi… potete andare tutti al diavolo, insieme al vostro ballo!»

Perfetto! Ora avevo attirato l'attenzione anche degli altri, gli adulti che discutevano riguardo al Desmond Castle. Vidi mio padre sgranare gli occhi su di me. E la mamma che sorseggiando champagne mi fissava con un mezzo sorrisetto sulle labbra. Mi fu da ispirazione, a tal punto che li avrei mandati al diavolo anche in francese. Magari sarei sembrata meno volgare.

In ogni caso, fortunatamente mi trovavo abbastanza vicina alla porta che dava sul corridoio da poter sgusciare fuori senza ulteriori danni. Sentii il cuore martellarmi nel petto mentre mi asciugavo le lacrime e non sapevo che direzione prendere. Sarebbe stato molto più sensato uscire dal castello e andarmene, invece decisi di salire le scale verso il piano superiore e nel frattempo selezionare ancora il nome di Chris dalla rubrica del mio cellulare.

«Chris…» Questa volta subentrò la segreteria, così decisi di lasciargli un messaggio vocale. «Chris ti prego, chiamami. Io qui… insomma, sto combinando un casino. Come sempre, del resto. E sai che quando combino un casino io è davvero un guaio di proporzioni inimmaginabili, un disastro. Temo che mi stiano odiando tutti in questo momento. Quindi… ho bisogno di te. Torna presto, per favore. O almeno chiamami…»

Agganciai quando mi resi conto che stavo rischiando di iniziare a singhiozzare al telefono. Rimasi appoggiata al corrimano, poi mi lasciai scivolare giù, sedendomi su un gradino.

«Rose...»

Sollevai lo sguardo su di lui, poi lo riabbassai passandomi le mani sul viso.

«Ah, Luke. Mi dispiace, scusami. Non dipendeva da te, però...»

«Non devi scusarti. Avevi ragione tu.» Mi raggiunse salendo due gradini alla volta e si sedette al mio fianco, posando i gomiti sulle ginocchia e voltando il viso verso di me per incontrare il mio sguardo. «Mia madre e Kathleen non avrebbero dovuto forzarti. E nemmeno dirti quello che ti hanno detto. È giusto che tu voglia ballare con il tuo ragazzo, essergli fedele anche in questo. Io credo sia molto bello da parte tua. Se avessi una ragazza vorrei che agisse esattamente allo stesso modo.»

«Davvero? Mi hanno fatto sentire una stupida...» Mi morsi le labbra e sollevai la testa, cercando nei suoi occhi un po' di comprensione. O meglio, cercando di capire se le sue parole fossero davvero sincere. «Poi quello che hanno detto su di noi... come se fosse sbagliato...»

«No, io non credo. Se vi amate non può essere sbagliato. Io avevo compreso che...» sospirò e il suo sguardo si fece improvvisamente più cupo, quasi rassegnato. «C'era qualcosa in te, Rose, che ti impediva di essere mia. Fin dal principio. Poi ho iniziato a capire che si trattava di Chris... Quando mi ha preso a pugni mi sono reso conto che anche lui provava lo stesso per te. Per questo mi sono infuriato e ho detto cose che non pensavo affatto.»

«Perché allora le accuse di Kath e Mike mi fanno così male? Perché tutti sembrano contro di noi?»

Non sapevo a chi stessi rivolgendo quella domanda. A Luke o a me stessa?

«Forse non sono davvero tutti contro di voi. Forse sei solo tu ad avere paura.» Luke appoggiò per un attimo la mano sulla mia testa. E per un istante, un unico brevissimo istante, mi sembrò lui. Chris aveva compiuto lo stesso gesto innumerevoli volte. «Ti importa davvero così tanto di ciò che pensano gli altri?»

«Mmh… no, non mi importa» sorrisi voltandomi completamente verso di lui e appoggiando la schiena alla ringhiera. «Non mi hai sentita? Ho appena mandato tutti al diavolo, quindi…»

«Ti ammiro, Rose. Non perché hai mandato tutti al diavolo, questo non è così difficile. Ammiro la tua fedeltà. Io non sono mai stato fedele alle ragazze che ho frequentato. E non mi sono mai nemmeno chiesto se loro lo fossero a me, non mi importava proprio nulla in realtà.»

«Io spero che Chris lo sia…»

Non riuscii a evitare di chiedermi dove si trovasse e perché non rispondesse alle mie chiamate. Sospirai sforzandomi di allontanare il pensiero. Chris non era come Luke, non lo era mai stato.

«Sarebbe uno stupido a non esserlo. Ma io del resto… forse non ho mai avuto grandi esempi di fedeltà da parte dei miei genitori. Si sono sempre traditi, fin da quando ero piccolo.»

Quindi lo sapeva! Da sempre, lo sapeva! Sgranai gli occhi su di lui, incredula. A questo punto era probabile che avesse afferrato l'accusa implicita che avevo rivolto a sua madre!

«Luke, io…»

«Mio padre era innamorato di un'altra e ha continuato a frequentarla per anni, dopo aver sposato mia madre. Credo che la sua sia stata una scelta forzata dalle famiglie, lui ha accettato ma non ne era proprio convinto.» Ne parlava come se fosse normale. Non sembrava nemmeno minimamente turbato dall'eventualità che i suoi genitori avessero accettato di contrarre un matrimonio combinato. O forse non lo era più, ormai. «Ha ancora altre donne. In seguito anche mia madre ha cominciato ad avere storie con altri uomini. L'importante è salvare le apparenze. È tutto ciò che conta, per loro.»

«Mi dispiace, Luke. In realtà... anche io e Chris non abbiamo avuto grandi esempi di fedeltà e di coerenza, pensandoci bene. La scelta dei miei genitori non è stata forzata, ma tra loro è finita comunque. Così è stato anche tra mio padre e Karen, la madre di Chris. A quanto pare anche tra Karen e il suo nuovo uomo è finita. Ma io... io spero che tra me e Chris andrà diversamente, forse sono solo una povera illusa. E anche tu, Luke... non dovrai essere necessariamente come i tuoi genitori...»

Luke sbuffò stringendosi nelle spalle, intrecciò le dita delle mani e si stirò con un'indifferenza che mi sembrò finta, come se nascondesse qualcosa di più doloroso, di più profondo. Abbassò gli occhi, evitando di replicare.

In quel momento rammentai il discorso di Ivy a proposito della neve. La neve che scende candida ma poi, inevitabilmente, si sporca sempre un po'. Così era anche la vita. Dovevamo per forza scontrarci con le circostanze, le difficoltà, i compromessi, le gioie e anche i dolori della vita. Forse era davvero impossibile uscirne veramente "puliti".

«Non sappiamo cosa ne sarà di noi.» Gli posai la mano sulla spalla, trattenendola per un istante. «Quindi non dovremmo giudicare senza sapere... Non è tutto bianco o nero. Io spesso sbaglio giudicando gli altri.»

«Non sei la sola, Rose.» Luke si alzò di scatto, porgendomi il braccio con aria cavalleresca. «Vuoi tornare giù, dolce fanciulla? Tranquilla, prometto che nessuno ti costringerà a ballare! Io mi occuperò della musica. Quel grammofono è uno strumento magnifico, ma non credo che mia madre lo sappia usare. Rischia di distruggerlo.»

«Io resto qui ancora un po', ma vi raggiungerò presto. Aiuterò la madre di Sally nella preparazione dei tramezzini. In qualche modo mi renderò utile.»

Sorrisi e lo salutai con un cenno della mano mentre voltandosi scendeva le scale. Quando lo vidi scomparire mi posai una mano sul petto, prima di recuperare il cellulare che avevo posato sul gradino. Non lo avevo sentito suonare quindi sapevo di non aver ricevuto nessuna telefonata e nessun messaggio.

Non era da lui. Qualcosa doveva essere successo perché io lo conoscevo bene e sapevo che non era da lui lasciarmi così, in attesa. Non lo avrebbe fatto nemmeno quando litigavamo e ci detestavamo quotidianamente. Quindi doveva essere accaduto qualcosa. Se non avesse risposto entro un giorno avrei dovuto chiedere a papà di rintracciarlo. Non sopportavo quello stato di tensione, di angoscia. E stavo iniziando a preoccuparmi.

Aveva discusso con papà? O era colpa di Karen? Non volevo nemmeno considerare l'ipotesi che gli fosse successo qualcosa di male. Mi sentii tremare all'idea, come un brivido freddo che mi percorse da capo a piedi lasciandomi senza forze.

Selezionai nuovamente il suo nome e iniziai a comporre un messaggio, parola dopo parola. Senza pensare, senza riflettere. Così, come mi veniva.

"Chris, sto iniziando a preoccuparmi maledettamente. Se il problema riguarda noi... Insomma, se hai cambiato idea per qualche motivo, ti prego di rispondermi e dirmelo. O anche scrivermelo. Accetterò comunque la tua decisione, anche se non mi piacerà. Ma per favore fammi sapere che stai bene. Io lo so che a volte sono insopportabile. Di solito hai sempre chiamato appena arrivato a Londra. E ora... Se non vuoi chiamare me, avvisa papà almeno. Mi dirà lui che stai bene, ecco. Io non so cosa ho fatto che non va, davvero... Mi manchi. E qui stanno organizzando la festa e io dovrei occuparmi dello spettacolo. Anzi, ora vado, mi stanno aspettando. Tu... appena puoi torna, rompiscatole. Mi manchi davvero tanto.»

A causa delle lacrime che mi scorrevano sul viso e degli occhi che mi bruciavano non riuscivo più nemmeno a vedere le parole che stavo scrivendo, ero certa di aver ripetuto gli stessi concetti più volte, alla fine uguali a quelli del mio messaggio vocale. Premetti comunque il tasto di invio senza rileggere.

In quell'istante mi resi conto che il Natale e il compleanno più bello della mia vita si sarebbero trasformati nei più brutti e patetici. Una persona, la più inaspettata, aveva il potere di spezzarmi il cuore. Poi magari un giorno sarebbe tornato a battere, anche con quel dolore. Forse era così che accadeva a tutti gli altri. Si andava avanti comunque, anche con il cuore spezzato, in attesa che si ricomponesse prima o poi. Ma non sarebbe mai più stato intatto e puro come un tempo. Mai più come la neve appena scesa dal cielo.

CAPITOLO 14

Rientrai nel salone, guardandomi intorno con aria circospetta. Pur avendo notato il mio ingresso, nessuno sembrava dare particolare risalto al mio ritorno. Come se tutto procedesse in modo assolutamente normale. Esther continuava a gesticolare e ad accennare passi per guidare le coppie danzanti, a cui si erano aggiunti anche Sally e Teddy, oltre ad altri ragazzi e ragazze della scuola. Luke si era posizionato invece accanto al grammofono, esaminando i vecchi dischi di sua madre, uno dopo l'altro. Sollevò il viso verso di me accennando un saluto quando mi vide entrare.

Ero decisa a scusarmi per il mio atteggiamento intransigente, ma a questo punto sarebbe stato inutilmente imbarazzante. E non mi sembrava il caso di interrompere ancora.

L'arrivo di Ivy con i bambini, qualche minuto dopo, fu provvidenziale per togliermi del tutto dallo stato di disagio in cui ero scivolata. Avevano portato anche tutti i giochi e i lavoretti per allestire le loro bancarelle del mercatino, cosa di cui ci saremmo occupati subito dopo le prove. Spostandoci verso la sala del palcoscenico mi concentrai nella preparazione dello spettacolo. Con più precisione e impegno del solito, cercando di offrire ai piccoli attori il meglio di me stessa, dedicando loro tutta la mia attenzione, la mia cura.

La sala era davvero una meraviglia, rispetto alla semi oscurità in cui l'avevamo trovata durante l'estate. Luminosa, vivace, splendente. Il palco stesso sembrava molto più grande e spazioso con quel tendone che dava un tocco professionale a tutto il nostro teatro. E anche le scenografie che erano state realizzate erano perfette per la nostra rappresentazione di *A*

Christmas Carol. Sir Richard e papà le avevano fatte preparare appositamente per noi e i ragazzi che ci avevano aiutati con lo spettacolo estivo si erano offerti di sostituirle a ogni cambio di scena. Tutto era pronto, insomma, anche i costumi erano stati studiati e cuciti con cura. Mancavano soltanto gli ultimi ritocchi.

Dovevo distogliermi, distrarmi, rimuovere dalla mente il pensiero e la preoccupazione per Chris. Del resto, non era passato così tanto tempo. E se papà non era preoccupato... Stavo iniziando a chiedermi se la mia angoscia fosse sensata o semplicemente dettata dal mio cuore di ragazza innamorata che non riceveva una risposta.

Ecco, mi ero distratta di nuovo, dannazione! Intervenni prontamente appena mi resi conto che i miei piccoli attori rischiavano di accapigliarsi per essersi scontrati durante le uscite di scena. Rocky come sempre aveva un caratterino acceso e scontroso, il Grinch fatto bambino. Lo avevo sorpreso ad osservare con sdegno misto a invidia i giocattoli che i suoi compagni avevano portato come doni per le bancarelle. Avrei dovuto trovare qualcosa anche per lui, in modo che potesse partecipare alla vendita in qualche modo. Ero stata talmente presa dai miei dilemmi personali da scordarmene completamente.

Ivy intanto si era spostata nell'angolo e stava parlando con papà, Sir Richard e Luke, che erano entrati nella sala del palcoscenico per poter assistere ai nostri progressi. I loro discorsi mi incuriosivano ma dal punto in cui mi trovavo non sarei mai riuscita a sentire. Tornai a rivolgermi ai miei attori, incitandoli a proseguire.

«Non ha importanza, bambini... non litigate. Qualunque cosa accada durante lo spettacolo voi proseguite e se vi manca la battuta successiva, guardate me. Andrà tutto bene!»

Cercai di infondere fiducia attraverso un tono sicuro e deciso. In realtà avevo un'unica certezza, quella di essere più spaventata di loro.

«E brava la mia bambina! Stai dimostrando un gran coraggio!»

Mia madre mi circondò la vita con un braccio e appoggiò la tempia alla mia. Non l'avevo nemmeno vista o sentita arrivare alle mie spalle.

«È solo uno spettacolo natalizio di ragazzini...» Sminuii il tutto, stringendomi nelle spalle. Non volevo mostrarle quanto fossi in ansia. «Nulla di serio.»

«Non intendevo quello. Non solo. Mi riferivo a prima.»

Si scostò da me per guardarmi. I suoi occhi scuri indugiarono nei miei.

«Ah... quando ho dato io stessa spettacolo, ho capito.»

«Hai solo espresso chiaramente cosa vuoi e cosa non vuoi, tesoro. È stato giusto.»

Certo, per lei era sempre così. Tutto giusto e lecito pur di esprimere le proprie idee. Anche maldestramente, come avevo fatto io.

«Sono certa che gli altri non la pensano così, però...» Sbuffai tornando a fissare lo sguardo sui bambini, intenzionata a chiudere rapidamente il discorso. Mi inventai anche qualcosa da dire per intervenire e scoraggiare la conversazione con mia madre. «Va benissimo così, Lilly. Stai solo un po' più al centro della scena...»

«È il tuo sangue francese, ma petite Rose. Siamo un popolo di ribelli.»

«Mmh... un popolo di tagliatori di teste...» puntualizzai io, trattenendo una risata. Poi tornai seria, estremamente seria. «Allora, immagino che tu abbia sentito di me e Chris. Ti ricordi chi è Chris, vero?»

«Certo, il figlio di quella moglie americana di tuo padre. Ragazzo carino, anche se l'ho visto solo un paio di volte di sfuggita. Comunque, anche quel Luke non è affatto male.»

«Non ti sto chiedendo se lo consideri carino, mamma.» Corrucciai lo sguardo e le rivolsi una smorfia risentita.

«Stai cercando la mia autorizzazione, forse? L'amour est l'amour, ma petite Rose. Cosa vuoi che ti dica? Io non sono tuo padre e non sono gli altri. Se hai scelto Chris e non Luke e non un altro, avrai i tuoi motivi. Est-ce vrai?»

«Sì, c'est vrai maman. L'amore è amore.» Inclinai la testa, riflettendo. Chissà perché mia madre inseriva sempre parole francesi quando la conversazione iniziava a diventare più personale. Forse per darmi un chiaro segnale delle sue intenzioni, per prepararmi psicologicamente. «Come tu ami la tua musica...»

«Non è proprio uguale, ma sì...» Improvvisamente lo sguardo di mia madre sembrò oscurato da un velo di tristezza. «E tuo padre ama il suo lavoro di architetto, tutti questi ruderi da trasformare in meravigliosi castelli da fiaba.»

«E Daisy ama la moda e i bei vestiti, ogni tanto ama anche Alan...» Sorrisi posandomi un dito sulle labbra. «E Janet ama litigare con Freddie... e Kathleen ama fare la stronza, soprattutto con me!»

«Questo significa che devi lottare per il tuo amore, Rose. Non lasciarti condizionare da nessuno. Perché solo tu puoi sapere chi è giusto per te.»

Non mi sarei mai aspettata che l'unica ad approvare davvero il mio amore per Chris fosse proprio mia madre.

«Tu pensavi...» Non sapevo esattamente come formulare la domanda. Forse non esisteva un modo, dovevo solo chiedere ciò che volevo sapere. «Tu credevi che papà fosse giusto per te?»

«Lo credo ancora.» La risposta di mia madre mi stupì, tanto era stata schietta e decisa. Non ci aveva riflettuto nemmeno un istante. «E lo è stato davvero, per un po' di tempo. Ma non tutte le storie d'amore sono eterne.»

Non mi sembrava di riuscire a comprendere appieno le sue parole, ma non aveva molta importanza. Forse ero già entrata nella fase di disillusione che avrebbe segnato il mio passaggio dall'adolescenza all'età adulta.

«Niente Romeo e Giulietta, allora. E niente amore eterno. E niente vissero per sempre felici e contenti… E niente dannatissimo lieto fine… niente anime gemelle... niente me e Chris, tanto lui nemmeno lo sa…» Sbuffai sconsolata, a ogni esempio. «La maggior parte della letteratura mondiale, del cinema, del teatro… si basa sul nulla! Tutte bugie, prese in giro all'umanità. Che senso ha amare, allora?»

«Potrei rispondere alla tua domanda con un'altra domanda, ma petite Rose…»

Mia madre inclinò il capo e lasciò la frase volutamente in sospeso. La sua "petite Rose" presto sarebbe cresciuta e forse si sarebbe scontrata con l'amore nel modo più crudele.

«Mmh… quale domanda?»

«Che senso ha vivere?» Lanciò un'occhiata ai bambini che si stavano impegnando nell'interpretazione delle loro parti. «Gran parte dei nostri gesti quotidiani sono dettati dall'amore. Anche se spesso non è eterno, l'amore non si dissolve. Resta in noi e magari assume un'altra forma. Il modo in cui poco fa hai difeso il tuo amore per Chris è stato grandioso, Rose. Davvero grandioso! Non hai esitato un attimo. Dubito che qualcun altro in quella stanza avrebbe avuto tanto coraggio. Dopo che te ne sei andata è calato il silenzio, nessuno ha più osato dire nulla. Nemmeno quella sciocca di Kathleen.»

Mi nascosi il viso tra le mani. Quindi lo avevano davvero capito tutti. Non era stato questo il mio intento. Che vergogna! Ma se quanto diceva la mamma era vero, era ciò che avevo ottenuto.

«Perfetto, così adesso tutti sanno che amo quel rompiscatole di Chris!»

«Direi di sì. Ora non credi sia il caso che lo sappia anche lui?»

CAPITOLO 15

Il giorno successivo era il grande giorno. Il 23 dicembre. Ormai tutto era davvero pronto. Per l'occasione ci avevano raggiunti anche Alison e John. Ero felice di trascorrere un po' di tempo con loro e di vedere quanto fossero felici, ma intanto cresceva la sensazione che il mio cuore si corrodesse ogni istante di più. Non si stava spezzando, non ancora. Lui sarebbe arrivato, ne ero certa. Probabilmente qualcosa o qualcuno lo stava trattenendo.

Tra l'entusiasmo e la frenesia dei bambini, i costumi, l'ultima prova generale nel corso della mattinata, ero riuscita a immergermi sufficientemente nell'atmosfera natalizia. Quello era il mio compito principale, pensare allo spettacolo, e lo stavo portando avanti al meglio delle mie possibilità. Per una volta non avevo esagerato, prendendomi responsabilità eccessive che non sarei stata in grado di gestire.

Sally e Teddy avevano organizzato la disposizione delle bancarelle del mercatino natalizio che si sarebbe tenuto nel giardino del castello, con la lista di tutti i partecipanti. Daisy e Janet avevano deciso di dare una mano, portando da casa indumenti e accessori che non utilizzavano più e qualche regalo preso tra i negozi di Londra.

Esther Desmond e Kathleen invece si erano occupate della festa vera e propria, degli addobbi nel salone centrale e in tutto il castello, del ballo, di estendere gli inviti a tutti gli amici e a personalità importanti.

Sicuramente Esther, come padrona di casa e signora del castello, si sarebbe presa il merito di tutto ciò che riguardava il Desmond Castle, anche della rappresentazione teatrale. E avrebbe tenuto Kathleen al suo fianco, visto che sembravano essere indissolubilmente legate. Ma non mi importava, ormai. Non ero più la stessa Rose, viziata, egocentrica, manipolatrice. O forse in parte lo ero ancora, pensavo ancora a me stessa. Molto meno ad apparire di fronte al resto del mondo.

«Anche tu dovresti fare le prove per la tua sceneggiatura, Rose.»

Avevo cercato di evitare di incrociare Ivy in ogni modo possibile, ma non ero riuscita a sfuggirle. Sapevo che mi avrebbe affrontata in proposito.

«Non credo sia il caso, Ivy. Insomma c'è già il mercatino, ci sarà lo spettacolo dei bambini, poi la festa... Quella sciocca sceneggiatura non è importante. Io non ho intenzione di recitare, comunque.»

Ero triste, demoralizzata e disillusa. Soprattutto perché in mattinata avevo avuto da mio padre la grande rivelazione. Lui aveva parlato al cellulare con Chris, alcuni giorni prima, mentre si trovava al lavoro al castello. Dal suo sguardo avevo compreso che provava una sorta di pena nei miei confronti. Ma da un altro punto di vista avevo avuto l'impressione che si sentisse sollevato.

Sollevato per il fatto che tra me e Chris fosse finita così? Che lui mi avesse lasciata, senza nemmeno una parola, senza una spiegazione? In me si stava facendo strada il dubbio che fosse stato lui stesso a imporglielo. Ma no... non potevo e non volevo crederci. Chris me ne avrebbe parlato... O forse no? Dovevo credere davvero che per ubbidire a mio padre preferiva ferire me?

L'unico conforto che avevo ricevuto dalla notizia era stato sapere che almeno stava bene. Mi rendevo conto che probabilmente non si sarebbe presentato alla festa di Natale. Lo avrebbe trascorso a Londra, con sua madre. Forse era meglio così.

«Rose... non è affatto sciocca la tua sceneggiatura. Tutt'altro, è molto dolce e poetica. E tu sei davvero brava.»

Ivy evidentemente non aveva intenzione di darmi pace. Mi seguì sul retro del castello, dove io avevo incominciato a vagare senza meta, alla ricerca di un po' di solitudine che ormai sembrava impossibile trovare lì intorno. Sapevo di non potermi allontanare, purtroppo. Da un momento all'altro qualcuno poteva avere bisogno di me.

«Sono sciocca io, allora! Quindi puoi farmi il favore di lasciarmi in pace?»

Mi voltai verso di lei, rabbiosa. Con un tono aspro e doloroso allo stesso tempo.

«Lo so che sei delusa e ferita, mi rendo conto di quanto sia difficile per te. Ma io credo che ci sia una spiegazione.»

Credevo di riuscire ad allontanarla con il mio atteggiamento scostante, invece Ivy non si lasciò scoraggiare. Tutt'altro, si mostrò ancora più decisa. Anche fisicamente sembrava aver raggiunto più determinazione, più grinta. Aveva abolito gli occhiali da qualche giorno e teneva i capelli scuri e ondulati sciolti sulle spalle, in modo tale che le sfiorassero il collo incorniciandole il viso.

«Tu sai qualcosa che io non so, Ivy? Bene, aggiungiti alla lista di persone che credono di sapere tutto, allora!»

Non era mia intenzione prendermela con lei. E non era giusto, soprattutto. Ivy era stata l'unica ad avermi sempre difesa, protetta e incoraggiata. Fin dal mio arrivo a Heathland.

«Ora vieni a fare le prove. Non cambiare i tuoi programmi, Rose. Ti sei impegnata tanto. Anche se Chris non arriverà, tu comunque non puoi e non devi buttare via il tuo tempo. E non è giusto che gli altri perdano parte dello spettacolo.»

Sembrava seria, più risoluta che mai. Magari lei non aveva mai sofferto, non sapeva cosa si provava a sentirsi così abbandonati. E nemmeno io lo sapevo, prima.

La seguii senza entusiasmo, lasciai che mi circondasse le spalle con il braccio conducendomi verso la sala allestita per lo spettacolo e mi aiutasse a cambiarmi e a indossare il costume per la mia breve scena. Toccava a me, quindi. La mia prova nella parte della piccola fiammiferaia.

Il gelo che sentivo dentro poteva essere equivalente a quello che la sventurata ragazzina percepiva esteriormente. Era più semplice di quanto avrei creduto possibile, di quanto avessi previsto quando avevo iniziato a provare la parte. Non dovevo nemmeno fingere o recitare. Era tutto vero. Me ne stavo seduta in centro al palco, in ginocchio. Avevo freddo, le mani ghiacciate, il viso in fiamme mentre le lacrime lo percorrevano creando dei solchi che a contatto con il freddo mi davano l'impressione del fuoco sulla pelle, come lame roventi. Una sensazione insolita, amara.

Intanto ripetevo quelle frasi che conoscevo ormai a memoria. La voce mi tremava a tal punto che dubitavo si riuscissero a percepire e distinguere. Restai in ginocchio a guardare verso la luce di una finta finestra, un albero di Natale all'interno di una casa. Mentre io, nelle vesti della piccola fiammiferaia, restavo fuori, al freddo. Senza la possibilità di scaldarmi.

«Perfetta... sei stata perfetta!»

Ivy mi raggiunge immediatamente, appena pronunciai le mie ultime parole e mi lasciai scivolare a terra dopo aver consumato tutti i miei fiammiferi nel vano tentativo di scaldarmi, di trovare un po' di tepore.

Gli altri che avevano assistito alla scena erano rimasti in silenzio. Chiusi gli occhi, abbassando il viso. In qualche modo dovevo muovermi, spostarmi da lì. Qualcuno improvvisamente applaudì. Non sollevai la testa per scoprire chi fosse, non mi interessava.

Poi mi sentii coprire e riscaldare, mentre un massaggio delicato si soffermava sulle mie spalle. Ricambiai l'abbraccio, convinta che si trattasse di Ivy. Ma quando il mio viso si avvicinò al suo e percepii il suo profumo, le sue labbra sulla fronte, un filo di barba sul suo mento, mi resi conto che non era lei. Luke l'aveva preceduta e mi teneva stretta.

«Sei stata bravissima, piccola fiammiferaia. Ma stai gelando, devi coprirti.»

«Sì, io… insomma, è tutta parte della scena. La storia è così… un po' triste.»

Tentai di giustificarmi e di alzarmi in piedi, senza riuscirci. Sentivo le gambe e le braccia intorpidite.

«Io non credo sia così. Perché Rose tu per me sei stata…»

Non riuscii a comprendere il resto delle sue parole, nonostante Luke si trovasse così vicino a me, nonostante mi stesse circondando il corpo con le braccia, scaldandomi con il suo calore. Perché, inaspettatamente, i miei occhi incontrarono lo sguardo che avevo tanto desiderato, tanto atteso. E ora, in fondo alla sala del teatro, stava fissando me e Luke con una sorta di desolazione, di tristezza che mi spezzò il cuore.

«Chris…»

Pronunciai il suo nome nell'attimo stesso in cui lui stava voltando le spalle e si allontanava. Usciva di scena come se intendesse uscire dalla mia vita.

Mi tolsi di dosso la giacca con cui Luke mi aveva coperta e mi divincolai dal suo abbraccio. Percorsi l'intera sala per raggiungere l'ingresso, mi guardai intorno senza comprendere quale direzione avesse preso.

Come poteva andare tutto così dannatamente male? Corsi lungo il corridoio che conduceva al salone principale ma non lo trovai lì, allora tornai indietro per avviarmi verso l'esterno e il giardino, prima di provare a salire le scale e cercarlo per gli altri piani del castello. Improvvisamente non sentivo più freddo, nonostante mi trovassi completamente all'aperto e con l'abitino leggero usato per la parte della fiammiferaia.

Mi avviai verso l'altalena. Tutto intorno, al centro del parco, c'erano le bancarelle del mercatino, e io dovevo fare attenzione per non travolgerle nella mia corsa. Non ero certa che si fosse avviato verso il nostro boschetto oltre l'altalena, quello del nostro primo bacio.

«Prenderai freddo così, Rose.» Voltandomi lo vidi comparire alle mie spalle. Abbassò il viso passandosi una mano tra i capelli scuri. «Rientra se non vuoi ammalarti.»

«Credi che mi importi qualcosa?» Avanzai verso di lui, senza esitare. «Io sto già male, Chris.»

«Stai con lui, ora?»

Lo disse senza nemmeno alzare la testa e guardarmi negli occhi.

Ma chi era questo estraneo che mi trovavo davanti? Come poteva rivolgermi una domanda del genere? Dov'era il mio adorabile nemico, quello con cui avevo litigato quotidianamente per più di sei anni? Quello di cui mi ero irrimediabilmente innamorata? Che non mi aveva mai permesso di nascondermi...

Proprio così mi aveva detto. "Rose... io non ti ho mai permesso di nasconderti." Ora si stava nascondendo lui, da me.

«Chris...» Come poteva essere cambiato così? «No, assolutamente no! Come puoi chiedermelo?»

Non potevo accettarlo. Non potevo e non volevo. Mi avvicinai a lui di un altro passo, fino a toccarlo. Gli presi il viso tra le mani, forzandolo a guardarmi negli occhi.

«Non hai ricevuto i miei messaggi? Io ti ho chiamato tante volte! Ti ho anche scritto...» Si opponeva a me, tenendo lo sguardo abbassato. «Chris, maledizione guardami!»

«Mi dispiace. Io... dovevo pensare...»

Anche la sua voce sembrava diversa. Lontana, assente. Come se non gli appartenesse più. Mi faceva paura.

«Mi stai lasciando?» Infine pronunciai le parole che erano rimaste in sospeso, tra di noi. E che evidentemente lui non riusciva ancora a dire. «Chris, se mi stai lasciando almeno guardami in faccia! Stronzo!» Il suo silenzio stava diventando sempre più opprimente. «Ho capito… Forse io ho sbagliato tutto. Hanno ragione gli altri quando dicono che sono solo una ragazzina viziata. Lo dicevi anche tu, del resto. Ma io in fondo credevo che non lo pensassi veramente… e mi sono sbagliata…»

«Forse è la nostra storia a essere sbagliata. Tu hai bisogno di qualcuno che…»

Non gli permisi di terminare. Ora la sua voce era irriconoscibilmente roca, spezzata.

«Io credevo in noi, Chris. Sarò stupida, sarò viziata, egoista, manipolatrice… ma ci credevo davvero. Tu invece no. Io so esattamente cosa voglio, chi voglio. Ma per te non è lo stesso.»

Mi voltai e iniziai a correre. Via. Via da quel dolore che mi stava annientando più di quanto avrei creduto possibile. Via dall'amarezza che mi divorava. Via da quel viso, da quello sguardo che non riuscivo più a riconoscere. Il mio cuore spezzato invece non potevo lasciarlo lì, insieme a lui. Ero costretta a portarlo con me, a trascinarmelo dietro come un macigno. L'amore è l'amore. Non era vero, tutta una bugia. Perché in quel momento per me l'amore era essenzialmente dolore, solitudine, rimpianto.

CAPITOLO 16

La stanza di Cassandra non era il luogo ideale dove rifugiarmi. Lì le sensazioni e i ricordi diventavano quasi più vivi, più intensi. Ma non avevo avuto abbastanza tempo per riflettere. Presto sarei dovuta tornare dagli altri, sforzandomi per fingere di stare bene.

La festa... la dannata festa natalizia al castello Desmond stava per iniziare. E io dovevo raggiungere i bambini e prepararli per lo spettacolo. Avevano bisogno di me. E io, probabilmente, avevo bisogno di loro. Più di quanto potessi e volessi ammettere.

Mi sedetti in un angolo, lungo la parete dall'altra parte del letto, proprio sotto al quadro che raffigurava una donna che poteva essere Cassandra Desmond. Non potevo esserne del tutto certa. Giovane e avvenente, con il viso dolce e le labbra rosate, indossava un abito bianco fatto di pizzi e merletti che saliva a fasciarle il seno lasciando appena scoperte le spalle. Portava i capelli scuri in parte raccolti sulla nuca, in parte lasciati liberi dietro la schiena. Non riuscivo a definire il colore dei suoi occhi, ma mi sembravano chiari. Non somigliava tanto a Sally, come nel mio sogno. Vista così sembrava più Ivy. La nuova versione di Ivy.

Mi tenni a distanza dal letto. Passai più volte le mani sul viso. Dovevo ricompormi in fretta. Avrei avuto tutto il tempo in seguito, per piangere e soffrire.

Prima che riuscissi ad alzarmi la porta si aprì. Sobbalzai e chiusi gli occhi, stringendomi forte le ginocchia al petto, come se in questo modo potessi diventare piccola, talmente piccola da scomparire, tanto da non essere individuata, rannicchiata nel mio angolino. Si stava facendo buio con i tendaggi tirati e l'oscurità incombente della sera. Ma sperai comunque che chiunque fosse non mi vedesse e soprattutto se ne andasse. Magari erano di nuovo Esther e Simon. Oppure…

Si sedette accanto a me, in silenzio. Io invece tentai immediatamente di sollevarmi, spingendo la schiena contro la parete e facendo forza con le mani sul pavimento.

«Rose…»

«Vai al diavolo!»

«Rose, calmati ora. Dobbiamo parlare.»

La sua voce era tornata quella di sempre, o almeno si avvicinava a quella di sempre. Era solo più bassa, quasi soffocata.

«Ah, ora ti è venuta improvvisamente voglia di parlare? Io… io…»

Come poteva essere cambiato così? Cosa gli era successo? Una parte di me non riusciva ancora a comprendere, pretendeva una spiegazione. Un'altra invece non voleva ascoltarlo più ma chiedeva solo di fuggire via da lui, lontano.

«Sì, dobbiamo parlare. Tra di noi c'è stato…»

«No! No, smettila! Non ti permettere!»

Scattai in piedi, come una furia. Sentivo che le sue scuse sarebbero arrivate presto, le percepivo nell'aria come una condanna. Scuse che avrebbero posto fine a tutto, segnato la fine di un amore che esisteva solo in me.

«Rose, per favore…» Lui non si alzò, abbassando lo sguardo vidi che si passava una mano sul viso, poi sugli occhi. «Noi dobbiamo…»

«No, non parlare di "noi"! Perché io non sono come te. Io sono… So di non essere perfetta, so di non valere abbastanza! Ma per quanto riguarda "noi" appunto, io so quello che voglio. Per una volta lo so! Lo so da quest'estate, lo so…»

Mi rigirai di scatto. Avrei preso a pugni il muro ma mi ritrovai di fronte il volto dolce e un po' sofferente della donna

110

che credevo essere Cassandra, raffigurato in quel dipinto. Mi persi per un attimo a ripensare alla sua storia. Aveva ucciso per amore? Era morta per amore? Che assurda sciocchezza... L'amore nemmeno esisteva davvero.

«Dillo, allora. Che cosa vuoi?»

La voce di Chris mi richiamò alla realtà. Si era alzato e mi stringeva le braccia, attirandomi a lui. Non mi aspettavo il suo gesto e mi riscoprii ancora più fragile, vulnerabile.

«Non è già abbastanza chiaro, Chris?» Respirai affannosamente, sentendomi quasi soffocare dall'angoscia, dalla paura. Ma non avevo alternativa. Fissai i miei occhi nei suoi. Erano più verdi e intensi che mai, anche nella semioscurità. «Voglio te. Ti voglio e io... Ti voglio anche se tu non provi lo stesso per me, anche se tu...»

«Rose...»

Le sue dita mi sfiorarono la guancia con delicatezza. Chiusi gli occhi e rimasi sospesa tra la parete e le sue braccia.

«Dillo, almeno. Dillo che hai avuto modo di pensare e hai cambiato idea.» Mi morsi le labbra con forza. «Dillo che tanto per te io sono sempre stata la piccola, sciocca, viziata Rose che non prende mai nulla seriamente. La ragazzina che si butta in imprese impossibili con manie di grandezza, per poi lasciare perdere tutto e trovare qualcuno che la tolga dai guai. Ma vedi, Chris, io...» Deglutii prima di spalancare gli occhi su di lui e alzare la voce gradualmente, a ogni parola che usciva dalle mie labbra. «Tra di noi... vedi, io l'avevo presa seriamente, questa volta. Forse non te l'aspettavi da una come me, vero? Per questo te ne sei andato e hai creduto che standomi lontano io cambiassi idea, come sempre. E tu avrai pensato che per te fosse meglio una ragazza dell'università, come quella tua amica Lisa, così intelligente e matura. Ma per me sarebbe impossibile cambiare idea. E vuoi sapere perché? Perché io ti amo. Ecco, l'ho detto. Ti amo.»

Distolsi lo sguardo da lui e mi divincolai, tentando di sfuggire alla sua presa. Ci riuscii senza troppa fatica perché evidentemente la mia confessione lo aveva colto di sorpresa, per cui aveva allentato la morsa con cui mi aveva stretta poco prima.

Sgusciai fuori dalla stanza e scioccamente iniziai a correre verso la scala che portava al piano superiore, sempre più su, fino alla torre più alta del castello, dove eravamo stati l'ultima sera insieme. Scioccamente, sì. Perché da lì non avrei più avuto una via di fuga dalla vergogna che stavo provando nei confronti di me stessa, dei miei sentimenti non ricambiati.

Chris mi raggiunse prima che arrivassi alla vetrata che portava all'esterno della torre. Mi afferrò le spalle, trattenendole con le mani.

«Lasciami andare…»

«No, è troppo pericoloso e tu sei troppo…»

Lasciò scivolare le mani lungo le mie braccia, risalendo poi alle spalle.

«Emotivamente instabile. Puoi dirlo.»

Lo sentii sospirare sulla mia nuca. Poi inaspettatamente mi lasciò andare. Però fu solo un istante, perché le sue braccia mi circondarono la vita cingendomi da dietro.

«Emotivamente instabile e incredibilmente sciocca, mostriciattolo.»

Sentivo freddo e paura allo stesso tempo. Posai una mano sul suo braccio e lasciai cadere la testa di lato, sulla sua spalla.

«Non chiamarmi mai più così, Chris. Mi fa troppo male… Quindi, ti prego, non farlo mai più!»

«Mostriciattolo?» Mi obbligò a voltarmi, ma io abbassai lo sguardo mantenendo la fronte sulla sua spalla. Si scostò e mi sollevò il mento con due dita. «Guardami, Rose.»

Non volevo guardarlo. E non volevo che lui mi vedesse piangere, perché ormai mi costava un'estrema fatica trattenermi. Soprattutto non volevo che lui mi dicesse che apprezzava il mio impegno nei suoi confronti ma per me non provava lo stesso. Però Chris non sembrava intenzionato a lasciarmi andare.

«Guardami, mostriciattolo e dimmi... Cosa o chi ti ha fatto credere che io non ti ami?» Sgranai gli occhi su di lui, incredula. Non erano le parole che mi aspettavo, dopo il suo comportamento distaccato, anzi completamente assente. «Io lo so che... sono stato distante. Non ti ho risposto. Ho avuto paura per una serie di ragioni che davvero non hanno nulla a che fare con noi. Non sono stato coraggioso quanto te. E lo ammetto... una parte di me credeva che tu...»

«Chris...» Mi aggrappai a lui con tutta la forza che avevo e gli presi il viso tra le mani. Appoggiai la fronte alla sua, poi mi staccai e lo fissai negli occhi, con la disperazione dettata da un sentimento che ormai non sarei più stata in grado di trattenere, di arginare. «Credevi davvero che io mi dimenticassi di te? Credevi seriamente che non rispondendomi ti sostituissi con un altro? Come puoi averlo pensato? Sarebbe impossibile, nessuno potrà mai prendere il tuo posto perché io... io ti amo. Hai capito? Io amo solo te, rompiscatole! Appartengo solo a te.»

«Rose...» Sorrise, fissando gli occhi verdi nei miei, ancora incredulo. Un po' come lo ero stata io, poco prima. Mi accarezzò il viso con una delicatezza, una dolcezza che mi inondarono il cuore d'amore, di calore e di desiderio allo stesso tempo. Poi cercò le mie labbra con ansia, con trepidazione. Lo afferrai, baciandolo con tutta la passione di cui ero capace. Mi strinse forte tra le braccia, quasi fino a farmi male, fino a spezzarmi il fiato. E io, nonostante ci trovassimo nel punto più alto e gelido del Desmond Castle, non sentivo più freddo ma un calore che dal cuore si stava gradualmente espandendo in tutto il mio corpo. Si staccò da me, continuando però a tenermi stretta. «Il tuo ultimo messaggio... mi ha distrutto. Ho lottato per non risponderti, ero convinto di fare la cosa giusta lasciandoti andare, concedendoti un po' di libertà. Non ti volevo opprimere o forzare in una relazione che stava diventando troppo seria. Non volevo essere così egoista con te. Invece ho sbagliato tutto e ti ho fatta soffrire. Io non ho mai amato un'altra, Rose. In tutta la mia vita, giusto o sbagliato che sia, ho amato soltanto te. Comprese tutte le volte che ti ho rimproverata, che ti ho presa in giro. Anche io amo solo te, mostriciattolo.»

«Dillo... ancora...» sospirai tra le lacrime, baciandogli le labbra ripetutamente.

«Ti amo, mostriciattolo. Ti amo.»

CAPITOLO 17

Il mio cuore giovane e inesperto avrebbe resistito a tanto dolore seguito da tanta felicità? Indubbiamente sì. Anche se in quel preciso istante avevo avuto qualche dubbio in proposito.

In qualche modo eravamo giunti alla sera che era stata pianificata in modo perfetto. La mia idea di perfezione però era mutata ultimamente. Chris aveva detto che mi amava. E io dovevo fare uno sforzo inaudito per concentrarmi sullo spettacolo imminente e non perdermi nel sogno dei suoi baci, delle sue carezze.

Per il momento non avevo voluto indagare sui motivi del suo tentato distacco da me. Temevo che fosse stato papà a chiederglielo e che lui avesse preferito non dirmelo, assumendosi la responsabilità della decisione. Avrei indagato successivamente, non volevo rovinare l'atmosfera natalizia.

I bambini e la loro rappresentazione di *A Christmas Carol* avevano la priorità assoluta. Anche su di me e sulla mia storia d'amore. Avrei avuto tutto il tempo per stare con Chris. Tutto il tempo per parlare con papà e fargli comprendere le mie ragioni. Non poteva imporre a Chris di lasciarmi e non poteva nemmeno suggerirgli di starmi lontano. Chris aveva rispettato la sua volontà ubbidendogli, però non avrebbe dovuto farlo mai più. In fondo aveva ragione la mamma, questa volta. Io e Chris ci amavamo, non c'era proprio nulla di sbagliato.

Dedicai tutto il mio impegno allo spettacolo, scena dopo scena, battuta dopo battuta. Alcuni dei piccoli tentennarono un paio di volte per l'emozione soprattutto, ma se la cavarono egregiamente. Tanto da sorprendere non solo me, ma tutti gli spettatori, che applaudirono calorosamente. Nessuno di loro ebbe davvero bisogno dei miei suggerimenti.

Quando arrivò il mio turno di recitare di fronte a un vero pubblico mi sentii più insicura, la mia voce tremava e in realtà io stessa fremevo di ansia, emozione e tensione repressa. Ma essendo la storia tragica e triste poteva sembrare che facesse parte del ruolo che stavo interpretando.

Alla fine i bambini corsero tutti verso di me. Rocky fu il primo ad arrivare e a stringermi, portando con sé una coperta per proteggere me, nelle vesti della piccola fiammiferaia, dal freddo. La piccola Lilly mi offrì una rosa bianca di stoffa e cartone, creata da loro. Ognuno mi lasciò un piccolo regalo o un bigliettino per ringraziarmi dello spettacolo che avevo organizzato e per averli guidati e diretti. Io, in tutta la mia vita, non avevo mai provato una sensazione così intensa, così magica. Ciò che avevo fatto per loro era nulla in confronto a quanto loro avevano fatto per me.

Chris attese con pazienza che gli altri si complimentassero con me. Mio padre, mia madre, Daisy e tutti gli altri amici. Poi mi avvolse nel suo abbraccio.

«Sei stata meravigliosa. E bellissima.»

«Bellissima, dici? Sono stata vestita con gli straccetti della piccola fiammiferaia da quando sei tornato… e sono spettinata, senza trucco…» ridacchiai cingendogli il collo con le braccia. «Ho i capelli tutti arruffati, sono un disastro!»

«Io non ti ho mai vista più bella di così, Rose. Di oggi, di questa sera. Quello che hai fatto con quei bambini è stato sorprendente. La tua stessa interpretazione è stata… incredibile. Hai dato un'occhiata al pubblico? Hai commosso proprio tutti.»

Si morse le labbra. Aveva gli occhi lucidi. Gli accarezzai il viso con le mani. Sapevo che ci trovavamo ancora sul palco, anche se ci eravamo spostati lateralmente. E sapevo che gli altri ci stavano osservando.

«Ho commosso te...» Appoggiai la fronte alla sua e socchiusi gli occhi. «Baciami, Chris. Baciami adesso, ci stanno ancora guardando.»

«Sei diventata una vera esibizionista, allora...»

«Baciami o giuro che andrò a cercare un maledetto vischio e ti costringerò a baciarmi solo per rispettare la tradizione!»

Arricciai il naso e gli puntai gli occhi addosso, decisa.

«E sei anche la solita prepotente, lo sai?» Rise pizzicandomi la guancia.

«Lo so. Per cui, già che ci sei, baciami come se fossi follemente innamorato di me!» Avvicinai le labbra alle sue, in attesa.

«Prepotente e approfittatrice!» Sfiorò le mie labbra con dolcezza, per poi approfondire il bacio. «Sfrutti l'evidenza dei fatti, mostriciattolo.»

«Sì, è vero. Ma voglio che lo sappiano tutti... e che la smettano di mettersi in mezzo.»

Fui costretta a ricompormi per seguire il programma della serata. Dopo lo spettacolo gran parte degli spettatori si era avviata nel parco, verso il mercatino. Anche io avevo intenzione di andare a comprare qualcosa di carino e molto natalizio per abbellire il nostro cottage. Tra l'impegno con lo spettacolo e l'indeterminatezza della mia situazione personale, non ne avevo avuto il tempo.

Poi ci sarebbe stata la grande festa nel salone principale, a cui però solo gli ospiti d'onore erano stati invitati. Io ero tra quelli, ma l'avrei evitata volentieri. Avevo fatto presente che mi sembrava un'ingiustizia escludere gran parte degli spettatori e anche i bambini. Comunque non spettava a me decidere. Ivy e la madre di Sally avevano comunque organizzato una piccola festa per loro, nella sala del teatro, con una tavolata di caramelle e dolcetti natalizi. Per cui avrei fatto la mia comparsa nel salone principale, per poi ritirarmi e trascorrere la serata con i miei piccoli attori e al mercatino. Gli ospiti d'onore potevano fare a meno di me, come io di loro.

«Ciao, Rose. Sei stata molto brava.»

Me la trovai di fronte, proprio mentre ci stavamo spostando dal palcoscenico.

«Karen…»

Tra le altre cose era evidente che Chris avesse scordato di dirmi che anche sua madre era arrivata a Heathland. Sentii la sua mano irrigidirsi, mentre stringeva la mia. Ero stata una sciocca a dimenticarmi di lei. A questo punto mi chiedevo se fosse stata proprio Karen a intromettersi tra di noi. Forse erano stati entrambi, Karen e papà, a influire su Chris mentre si trovava a Londra.

Karen si ravvivò con una mano i capelli rossi. Sembrava un po' più magra e più pallida di come la ricordavo, ma forse arrivando dalla California non era più abituata all'inverno inglese e l'abito e la giacca che indossava erano troppo leggeri.

«La festa si sposta nel salone principale, per l'inaugurazione ufficiale del castello.» Non ero certa che fosse stata invitata, ma non aveva importanza. Avrei detto qualunque cosa per distoglierla da noi. Ci stava rivolgendo uno sguardo ambiguo che non prometteva nulla di buono.

Karen annuì e lanciò un'occhiata verso papà, che si stava avviando con Simon e Sir Richard verso il salone. Mosse qualche passo, come intenzionata a seguirli, per poi voltarsi di nuovo verso di noi.

«Voi non venite?»

«Sì, certo. Aiutiamo soltanto a sistemare gli ultimi dettagli per la festa dei bambini e vi raggiungiamo.»

Era una scusa. Ma non volevo seguirla. Avevo bisogno di parlare con Chris, prima che rischiasse di subire ancora la sua influenza. Sospirai vedendola allontanarsi.

«Dimmi la verità, Chris. È stata lei?»

«Cosa?»

Chris mi fissò perplesso. Ma io non potevo cascarci, aveva capito perfettamente cosa intendevo dire.

«Non cadere dalle nuvole, non sono stupida! È stata tua madre a non approvare la nostra storia e a costringerti a starmi lontano, magari anche a lasciarmi? O è stato mio padre? Oppure tutti e due, si sono coalizzati?»

«No, Rose. Loro non c'entrano.» Sorrise e mi accarezzò le guance con i pollici, dopo aver preso il mio viso tra le mani. «Rilassa i nervi, hai uno sguardo davvero minaccioso. Come se volessi sbranare tutti gli invitati.»

«Per il momento soltanto tua madre e mio padre, tranquillo.»

«Ti assicuro che non è il caso.» Chris mi baciò teneramente sulle labbra. «Andrà tutto bene, te lo prometto. Sarà un Natale un po' strano, lo so. E c'è chi ancora ci osserva con sospetto, però...»

«Chris, lo sai quanto bene ti conosco, vero? Tanto da aver capito che ami l'arte anche se hai tentato di tenerlo nascosto. Tanto da prevedere i tuoi pensieri, come tu spesso prevedi i miei. Per cui, ti prego, non girarci intorno. Lo sento che c'è qualcosa che non va, ancora. Quindi ora tu mi dirai...»

«Rose... ti fidi di me?»

Mi strinse a sé con un impeto che mi bloccò il respiro, oltre alle parole.

«Detesto questa domanda. Perché mi costringe a dirti di sì. E mi costringe a dirti di sì perché sono completamente pazza di te!»

«Allora sistemiamo questa piccola festa per far contenti i bambini, poi andiamo di là dai grandi e facciamo finta di divertirci un mondo.»

«E poi ci andiamo a nascondere da qualche parte, da soli. Magari non nella stanza di Cassandra perché a qualcun altro potrebbe venire la stessa idea.» Sorrisi cercando di prendere tempo. Ivy e le maestre avevano organizzato dei giochi per i bambini che al momento erano impegnati in una caccia al tesoro natalizia. «Sì, mi sembra un ottimo piano.»

Chris rise, posandomi la mano sulla testa. Non contava più tanto quello che diceva, ma il modo in cui mi guardava. Era uguale a prima, ma allo stesso tempo diverso. Mi amava, ormai non avevo più dubbi. Mi amava e avrebbe lottato insieme a me, se fosse stato necessario.

Andai a cambiarmi nel piccolo camerino che avevamo allestito dietro al palco. Indossai il vestito celeste di lana leggera che avevo messo da parte per l'occasione. Poco più tardi ci spostammo, anche se controvoglia, nel salone principale. Avremmo potuto evitarlo, sicuramente. Ma per tacito accordo decidemmo di rispettare le regole e non andare troppo controcorrente. Del resto anche Daisy, Alan, Janet e Freddie erano presenti. E c'erano anche Sally e Teddy. Kathleen li aveva trascinati via subito dopo lo spettacolo, perché fossero pronti per il ballo prima dell'ingresso degli ospiti.

Mi salutarono con la mano, i ragazzi con un'espressione talmente frustrata e infelice da risultare quasi comica. Avevano indossato, costretti da Esther e da Kathleen, gli abiti scelti per il ballo tradizionale. Quello di Kathleen era il più sontuoso. Da come si stava mettendo la situazione prevedevo che presto avrebbe mollato Mike con una scusa per tentare la conquista di Luke.

«Non vorrei trovarmi nei panni di quei poveretti imbalsamati. Scommetto che Freddie e Alan invece in questo preciso momento stanno rimpiangendo i tempi in cui li hai costretti a partecipare alla rappresentazione di *Romeo e Giulietta*.» Chris ridacchiò rivolgendomi un'occhiata un po' perfida. «Comunque, è piuttosto curioso vedere le nostre madri nella stessa stanza... e tuo padre che cerca di restare a opportuna distanza da entrambe.»

«Piuttosto curioso? A me sembra un incubo, sinceramente.»

Lo attirai in un angolo, contro la parete, per osservare meglio senza metterci troppo in mostra. Mia madre si stava intrattenendo con Alison e John. Karen invece, incredibilmente, stava conversando con Esther e un'altra signora che avevo intravisto durante lo spettacolo, probabilmente un'amica della padrona del castello.

«Ecco, non volevo essere così esplicito.»

«Aspetta il giorno di Natale vero e proprio… temo che sarà ancora più curioso, come dici tu.» Cercai mio padre con lo sguardo e mi accorsi che a sua volta stava cercando qualcuno. Non me e Chris, evidentemente, perché i suoi occhi si fermarono su Ivy che, appena entrata nel salone, stava dimostrando un'eleganza e uno stile di gran lunga superiori a quelli di Esther Desmond. «Promettimi una cosa, rompiscatole. Promettimi che mi avviserai se un giorno ti accorgerai che mi sto trasformando in una delle nostre madri.»

«Non credo che tu corra il rischio. Mi sembra che tu abbia già superato da un pezzo quella fase.»

«La fase stronza esibizionista, in cerca di affermazione nella carriera e di posizione sociale?» Incrociai le braccia e mi voltai verso di lui, sogghignando. «Non sfidare troppo la sorte. Potrei sorprenderti. Quindi tu tienimi d'occhio, okay?»

«Non ti accadrà, Rose.» Chris scosse la testa. Io stavo scherzando, ma lui sembrava terribilmente serio. E soprattutto sicuro. «Sicuramente non accadrà alla ragazza che ha fatto una scenata di fronte a tutti per evitare di ballare con il figlio della proprietaria del castello… dicendo che era impegnata con un altro e avrebbe ballato soltanto con lui perché voleva essergli fedele. Nonostante lui, quello stupido imbecille, non si fosse fatto più sentire da giorni ed evitasse di rispondere alle sue chiamate e ai suoi messaggi.»

«Ah, l'hai saputo?»

«Freddie e Janet mi hanno raccontato, mentre tu ti stavi preparando per lo spettacolo.» Provai un brivido mentre fissava gli occhi verdi nei miei. «Rose, qualunque cosa accadrà tra noi, io...»

«Ragazzi, cosa fate qui nell'angolo? Fra un po' inizierà il ballo!»

Janet ci raggiunse e si pavoneggiò nel suo splendido abito turchese. Sembrava una principessa. Tutti i modelli indossati dalle ragazze erano simili, a parte quello di Kathleen che era bianco e più sontuoso. Ma a Janet quel colore e quel modello stavano divinamente. Il vestito le fasciava il petto e scendeva morbidamente accarezzandole le forme.

«Noi non abbiamo partecipato alle prove per il ballo tradizionale, lo sai Jan. Poi non abbiamo gli abiti adatti e io ho fatto infuriare sua altezza, Lady Desmond. Quindi credo di essere ufficialmente bandita dal grande ballo.»

Mi strinsi nelle spalle con indifferenza e afferrai la mano di Chris.

«Mmh... Secondo me la strega non se ne accorgerà nemmeno, tanto è presa dai suoi ospiti importanti.» Janet sbuffò, poi annuì e si allontanò da me con una strizzatina d'occhio, per raggiungere gli altri. «Però sono convinta che troverete comunque di meglio da fare!»

«Rose, a proposito di piani per la serata e di meglio da fare, come diceva Janet...» Chris guardò verso le file che si stavano formando in centro per il ballo tradizionale, poi mi strinse la mano e mi trascinò con sé, fuori dal salone. «Anche io ho un piano.»

Lo seguii fiduciosa. Non andammo molto lontano, ci rifugiammo in una stanzetta adiacente al salone, che fungeva da ufficio o piccola biblioteca.

Lo sguardo di Chris cadde su un piccolo lettore cd collegato alla presa di corrente. Si chinò per controllarlo, poi lo accese e tornò da me.

«Io avrei ballato soltanto con il mio ragazzo...»

Sospirai mentre le note di una canzone sconosciuta riempivano l'ambiente confondendosi con quelle del ballo tradizionale che proveniva dal salone. Mi persi per un attimo, poi riuscii a immedesimarmi solo in quella musica, in quelle parole. Dimenticando tutto il resto.

"I don't know, but I believe
That some things are meant to be
And that you'll make a better me
Everyday I love you."

«Conosci questa canzone?»

«Mmh...» Corrucciai la fronte, fissandolo incerta.

«Così, anche stavolta hai completamente dimenticato i tuoi amati Boyzone?»

Chris rise, afferrandomi per la vita e facendomi girare per poi riprendermi tra le braccia.

«La nuova canzone!»

«Già... con la fatica che abbiamo fatto io e Teddy per recuperare il cd in poche ore!»

Sorrisi, stringendomi a lui. «Lo ammetto, li avevo quasi dimenticati tutti quanti per un attimo. Compreso Ronan Keating.»

«Bene. Magari con un po' di fortuna un giorno riuscirò a prendere il suo posto nel tuo cuore.»

Chris mi baciò e io mi sentii scivolare tra la musica, le parole della canzone, le sue labbra sulle mie.

«Guarda che però non ho dimenticato che mi avevi promesso di portarmi al concerto! Soprattutto quando volevi farmi spostare dal parapetto, hai detto che avresti cercato i biglietti a Londra. E visto che sono diventata così brava e fedele... non posso certo accettare che sia un altro ad accompagnarmi. Deve essere per forza il mio ragazzo!»

«Sei incredibile, lo sai? Ogni tanto... dalla ragazza che ha confessato di amarmi, dalla ragazza che ha fatto così tanto per quei bambini questa sera, emerge la solita stronzetta Rose

Storm, il mostriciattolo che vuole avvolgermi nel suo Rostormshire.»

Le sue parole mi lasciarono perplessa per un istante. Non compresi se si trattasse di un rimprovero o di una semplice costatazione dei fatti. Rimasi in silenzio, in attesa. Non sapendo se dovessi dispiacermi, scusarmi oppure riderne.

«Io...» abbassai il viso, avvilita. «Mi dispiace, tenterò di mandare via quella Rose, di eliminarla, di...»

«No, non tentare proprio.» Si chinò per baciarmi le labbra, posando le mani sui miei fianchi. «Tra tutte le Rose che ho imparato a conoscere in questi anni e recentemente... quella è stata la prima di cui mi sono innamorato. Quindi non mandarla via, mi mancherebbe.»

CAPITOLO 18

La Vigilia di Natale raggiunsi la chiara consapevolezza di non aspettare altro che la situazione tornasse alla normalità. Ciò implicava la partenza di Karen e della mamma, anche se nell'evolversi recente dei fatti mi aveva sostenuta ed era stata dalla mia parte. Si era emozionata per la mia partecipazione allo spettacolo, addirittura prevedeva per me un futuro di attrice teatrale! Però mi sentivo costantemente spiata, tenuta sotto controllo. Forse era una mia impressione.

Certo, con il ritorno alla normalità Chris sarebbe partito nuovamente per Londra, come tutti gli altri. Alison e John erano già partiti. Janet e Freddie sarebbero tornati a Londra nel pomeriggio per festeggiare il Natale con le loro famiglie. Per fortuna la scarsa neve che infine era scesa non impediva loro di mettersi in viaggio. Forse sarebbero tornati per trascorrere con noi il Capodanno.

Chris era stato costretto a trasferirsi dal nostro cottage a un piccolo alloggio in centro al villaggio, per non lasciare sua madre completamente sola. Era già tanto, comunque, che Karen avesse accettato di venire a passare le vacanze a Heathland senza pretendere di restare a Londra. Anzi, effettivamente era abbastanza inconsueto conoscendola.

Io sapevo di non dovermi lamentare. Presto, nonostante la distanza temporanea, avrei avuto Chris tutto per me. Mi trovavo nella fase in cui credevo con tutte le mie forze che l'amore potesse superare qualunque problema, qualunque ostacolo. L'amore avrebbe vinto su tutto, su tutti. Anche sulle avversità del destino.

«Ivy... tu credi che una persona possa cambiare?»

Mi ero ritrovata a casa di Ivy per invitarla ufficialmente alla nostra festa della Vigilia di Natale. In realtà era già stata invitata, ma io l'avevo presa come scusa per passare da lei e parlarle.

«Dipende da cosa intendi, Rose.» Seduta sul divano, Ivy sorseggiò il tè che aveva preparato. «Ti conosco, ormai. La tua non è una domanda casuale. Cosa ti preoccupa?»

«Mmh... hai visto mia madre e la madre di Chris?» Altra domanda sciocca, ovviamente le aveva viste! «Ecco... tu credi che io potrei... o magari che io sia già come...»

«Vediamo un po' se riesco a capirti. Vuoi sapere se io credo che tu possa diventare come loro?» Ivy sorrise, stringendo la tazza tra le mani.

«Ecco, sì. Più o meno.»

Mi tirai tutti i capelli su una spalla. Non riuscivo a non sentirmi preoccupata. Nonostante ciò che mi aveva detto Chris. Anche perché lui ci aveva scherzato sopra. Ma lui era un uomo, non poteva capire. Io temevo invece che la parte superficiale di Rose, quella Rose che lui aveva dichiarato di amare comunque e aveva conosciuto durante i primi anni, prendesse il sopravvento crescendo. E mi trasformasse in una persona che poteva rimanere in bilico tra Isabelle e Karen. Mia madre e la sua.

«La tua domanda mi induce a pensare che non ci terresti particolarmente.»

«Mmh... no, io non vorrei. Cioè, io... Mia madre ha i suoi lati positivi. E anche Karen, volendo... cercandoli bene...» sospirai, posandomi una mano sulla fronte. «Ma entrambe hanno lasciato mio padre, alla fine. E io... Chris dice che io non diventerò come loro in futuro, però...»

«Quindi, nella tua mente, tu pensi di poter essere come tua madre o Karen... e lasciare Chris come loro hanno lasciato tuo padre.»

Ecco, ovviamente Ivy aveva raggiunto facilmente il fulcro del mio discorso contorto.

«Sì, più o meno è così.»

«Hai mai pensato che anche tuo padre abbia contribuito in parte a ciò che è accaduto tra loro? Rose... non tutte le storie sono uguali. E nemmeno tutte le persone. Tu non sei tua madre e non sei Karen. E Chris non è tuo padre.»

Ciò che Ivy diceva aveva un senso. Forse papà era troppo diverso sia da mamma sia da Karen, quindi... forse erano relazioni già destinate a fallire.

«Io e Chris siamo diversi. Come mio padre è diverso da mia madre e anche da Karen.» Espressi ad alta voce il mio pensiero successivo. Forse ciò non avrebbe implicato che tra me e Chris sarebbe finita o che sarei stata io a comportarmi male nei suoi confronti. «Io penso che se c'è un esempio, un modello di donna che vorrei seguire... sei tu, Ivy.»

«Rose... per tornare alla tua domanda iniziale. Quando mi hai chiesto se penso che una persona possa cambiare...» Il volto di Ivy si oscurò. Posò la tazza di tè sul tavolino di fronte al divano e incrociò le braccia. Mi stava fissando seria come non lo era mai stata, da quando l'avevo conosciuta. Questo mi convinse del fatto che non aveva preso la mia dichiarazione come un complimento. «Io non sono la persona che tu credi, Rose. Per cui... no, non dovresti proprio prendere me come modello da seguire.»

«Ma... perché?»

Mi aveva parlato con una severità e una freddezza tale da farmi sentire a disagio. E non mi era mai accaduto con lei.

«Io non sono nata e cresciuta qui, Rose.»

Questo già lo sapevo, ma non comprendevo quale fosse il problema. Magari aveva vissuto altrove e poi aveva preferito scegliere la pace della campagna. Come me... anche se in realtà la mia era stata una scelta un po' forzata.

«Sì, lo avevi già detto. Però...»

127

«Vivevo a Londra, anche se sono nata a Liverpool. Ho vissuto a Londra gran parte della mia vita. Quando ci siamo incontrate mi ero trasferita a Heathland da circa otto anni.» Ero lieta che Ivy volesse condividere con me dettagli della sua vita passata, ma ancora non comprendevo dove volesse arrivare. Certo si era assimilata benissimo alle abitudini di Heathland, sia come modo di pensare sia come stile di vita. «Ero una giornalista freelance di fama internazionale, Rose. Ho lavorato alcuni anni anche in America. Il mio nome era Ivory Landman.»

Ivory Landman? Ivy era… Ivory Landman? L'avevo sentita nominare anni prima, quando era ancora in voga. Anche se io ero una bambina e lei…

Puntai gli occhi su di lei incredula e per poco la tazza di tè non mi scivolò dalle mani. Continuavo a ripetermi mentalmente il suo nome, come se potesse svanire da un momento all'altro. Anzi, come se la Ivy che conoscevo da qualche mese ed era diventata la mia confidente privilegiata, la mia consigliera… potesse svanire per lasciare il posto alla celebre ma per me sconosciuta Ivory Landman.

«Ivory era un nome d'arte, diciamo. Landman il nome del mio primo marito.»

Continuai a fissarla come in trance. Primo marito? Ne aveva più di uno? Non osai chiedere. E quindi… dalla tenera Ivy con il nome da innocua piantina d'edera, a Ivory… avorio, il nome di una pietra!

«Ero specializzata in gossip. Non semplici e innocue notizie di gossip. In scandali, per essere più precisa. Ho rovinato e distrutto la vita privata e la serenità di molte persone, con i miei articoli piccanti e irriverenti. Ma era quello che la gente voleva leggere e si aspettava da Ivory Landman, quello che i miei editori pretendevano da me. C'era stato anche un periodo in cui avevo pensato di dedicarmi a qualcosa di completamente diverso... recensioni letterarie, libri per bambini... ma invano. Nessuno voleva altro da me. Finché...»

Finché era accaduto qualcosa e Ivory Landman era sparita dalla circolazione. Rammentai una notizia in televisione. Grandi occhiali scuri, capelli raccolti, Ivory Landman che usciva di corsa da un famoso hotel del centro di Londra. Ma ero solo una bambina e Alison aveva cambiato immediatamente canale. Però Daisy era più grande di me ed era stata molto presa dalla rivelazione shock che aveva stroncato la carriera a... come l'avevano definita? Quella piovra della Landman. Possibile che nemmeno Daisy, sempre così sveglia, così attenta, avesse sospettato la vera identità di Ivy? No, probabilmente. Perché Ivy non aveva proprio nulla a che fare con Ivory.

«Ho causato un incidente molto grave a una persona, un attore. È rimasto a lungo tra la vita e la morte e non si è più ripreso del tutto. Non sono stata io materialmente, ma il tutto è stato scatenato da un mio articolo in cui avevo mostrato le prove di tutte le sue infedeltà, dal dolore che gli avevo causato quando la moglie lo ha lasciato. E oltre alla gravità della situazione... le prove che avevo costruito con la collaborazione di una sua assistente, erano infondate. Completamente false. Quella donna voleva solo vendicarsi di lui per averla respinta.»

«Oh... no...»

Balbettai qualche parola senza senso. Dovevo ancora assimilare la rivelazione di Ivy... di Ivory... non sapevo nemmeno più come chiamarla.

«Non avrei mai voluto confessarti qualcosa del genere sul mio conto, Rose. So che ora il tuo giudizio cambierà radicalmente. Ma non potevo permettere che tu considerassi una persona come me un modello. Non sarebbe giusto. Nemmeno nei confronti di tua madre o della madre di Chris. Dovresti essere un po' più indulgente con loro.»

«Ivy... io non...» deglutii mordendomi forte le labbra.

Avevo anche pensato che Ivy Jensen potesse essere la donna giusta per mio padre, così diversa dalla mamma e da Karen. Ma ora? Ora restava sempre la stessa Ivy, la mia amica, la mia preziosa confidente. Ma al tempo stesso non lo era più.

«Oltre a questo, c'era un motivo ben preciso dietro a quel discorso che ti avevo fatto a proposito della neve.»

«La neve che scende candida... poi si sporca sempre un po'...» ripetei le sue parole, quasi meccanicamente.

«Nessuno è perfetto, Rose. Alcune persone si avvicinano un po' più di altre alla "perfezione", o almeno ci provano. Fanno del loro meglio per diventare migliori, io credo. Per cui, tu mi chiedi se ritengo possibile che le persone possano cambiare... Io credo di sì. O almeno lo spero. Il mio cuore non è più a Londra, non è più nei luoghi alla moda in cui ho vissuto, ma è qui ormai. E qui resterà sempre.»

«Io... vorrei dire che...» sospirai, posando la mano sulla sua. Poi le sfiorai il viso con le dita, quasi timidamente. Era la celebre e grintosa Ivory Landman. No, non lo era. Era Ivy Jensen, per me. La bibliotecaria un po' impacciata, bella ma fuori moda, che avevo incontrato qualche mese prima a Heathland. Tanto assuefatta all'ambiente da sembrare appartenervi da sempre, esserne completamente parte. «Non mi importa di Ivory, non mi importa chi è stata e cosa ha fatto. A me interessa la Ivy che ho conosciuto a Heathland, quella che dice che le persone possono cambiare. E ha dimostrato che è vero con le sue azioni, ogni giorno.»

Le parti, tra me e Ivy, si erano stranamente scambiate. Alla fine ero stata io a sostenere lei, ad abbracciarla e confortarla. E non l'avrei mai ritenuto possibile. In ogni caso ero uscita dalla sua casa con una speranza in più, nei confronti di me stessa. Anche io ero cambiata. E comunque non avrei avuto un marchio, non sarei stata predestinata a diventare come mia madre o come Karen. Io, come chiunque altro al mondo, potevo decidere di essere la persona che volevo essere. O almeno impegnarmi ad esserlo.

Così mi diressi verso il piccolo appartamento preso in affitto per qualche giorno da Karen e Chris. Avevo bisogno di vederlo, era tarda mattinata ormai. Gli avrei chiesto di scendere e trascorrere con me il resto della giornata, in preparazione della cena della vigilia.

«Chris non c'è, Rose.» Karen invece di rispondermi semplicemente scese le scale per raggiungermi, prima che me ne andassi. «È andato al castello con tuo padre, questa mattina presto.»

«Oh, accidenti. Lavoro, sempre lavoro! Anche la Vigilia di Natale!»

Non volevo lamentarmi ad alta voce. In realtà non avrei dovuto lamentarmi affatto, ma ero delusa di non averlo trovato. Salutai Karen con un cenno del capo prima di voltarmi per andarmene.

«Rose, aspetta per favore. Ti vorrei parlare.»

Karen si sistemò una ciocca di capelli dietro l'orecchio e si strinse nel cappotto chiaro, uscendo dal portoncino per avvicinarsi a me.

Ecco, avrei dovuto prevederlo. Si stava sicuramente preparando a manifestarmi tutta la sua disapprovazione riguardo alla mia relazione disdicevole con suo figlio. E voleva approfittare del prezioso momento in cui mi trovava da sola. Sospirai profondamente, pronta a risponderle per le rime.

«Devo parlarti di Chris…»

Ecco, appunto!

«Sii breve… ho da fare.»

Le risposi sgarbatamente, perché già immaginavo cosa mi avrebbe detto. Che era uno sbaglio, che non avrebbe mai funzionato, che eravamo giovani, incoscienti, immaturi e non saremmo mai andati d'accordo. E forse anche che la storia tra noi era strana e un po' assurda. Nulla di nuovo, sicuramente non mi avrebbe sorpresa.

«Chris ha deciso di tornare in America con me.»

Invece sì. Era riuscita a sorprendermi. Impiegai qualche istante prima di metabolizzare le sue parole e trovare la prontezza di replicare.

«Ma... cosa...» Non come avrei voluto, però. Non con la forza e la grinta che avevo immaginato di usare per difendere il mio amore per Chris. Mi aveva presa in contropiede. «No, no. Stai scherzando.»

«No, Rose. Chris partirà con me a gennaio.»

«Per una... vacanza...»

Quella stronza ci godeva un mondo a farmi male! La detestavo! Era la madre di Chris e non avrei dovuto... Ma io la odiavo lo stesso e no, non potevo proprio essere indulgente con lei! Chris aveva accennato a qualcosa del genere. Una vacanza in America ma indefinita, spostata in là nel tempo.

«No. Non per una vacanza. Chris avrebbe dovuto dirtelo ma non è riuscito a trovare il coraggio, ancora. Voleva aspettare dopo Natale e dopo il tuo compleanno per non farti soffrire. Ma io credo sia giusto che tu lo sappia subito, almeno avrete più tempo per...»

«No! Ma cosa stai dicendo? Tu...»

Non era solo una stronza! Era una vipera! Una malefica e perfida bugiarda!

«Chris ha tentato di lasciarti, quando io...»

«Tu! Tu gli hai imposto di lasciarmi!» Mi guardai intorno e feci un passo indietro per tenermi a distanza da lei. Avrei voluto prenderla a botte. Faceva freddo e la neve stava scendendo a piccoli fiocchi delicati, su di noi. Ma qualcosa in me, al centro del mio petto, stava andando a fuoco. Sentivo le guance scottare come se avessi la febbre. «Io ti odio... Sei venuta qui apposta per separarci...»

«No, Rose! No, io non lo sapevo! Te lo giuro, tesoro...»

132

Karen si mosse verso di me e aprì le braccia come se fosse intenzionata ad abbracciarmi, a stringermi.

«E non chiamarmi tesoro! Odiavo quando lo facevi, anche anni fa quando ti aggiravi per casa! Tu non mi hai mai sopportata!» Iniziai a piangere, pur senza volerlo. E strinsi forte i pugni per cercare di impedirlo. Non volevo piangere di fronte a lei. «Io... io ti odio...»

«Io non sapevo di te e Chris, credimi. L'ho saputo solo quando sono arrivata a Londra, è stato Chris a dirmelo.» Karen chiuse gli occhi, poi abbassò il viso. Non volevo, non potevo crederle. Anche se in quel momento mi apparve assurdamente sincera, come non mi era mai apparsa prima. «Tu sei... una ragazza dolce, Rose. E lo so che vuoi bene a Chris. Vi ho visti. Anche se credo che tra voi non funzionerebbe per molto tempo, non vi separerei se non fosse necessario...»

«E invece è esattamente quello che vuoi fare» replicai freddamente.

Intanto stavo già pensando a come affrontare la situazione, come reagire. Avrei parlato con Chris. Lo avrei convinto a non andare, a non assecondare sua madre. Anche se in realtà non riuscivo a capire. Chris non aveva mai voluto andare a vivere in America, anche quando era più giovane e sua madre e mio padre avevano divorziato. Lui si era imposto e aveva ottenuto di restare a studiare in Inghilterra, nonostante i tentativi di Karen di convincerlo a seguirla.

«Non ho scelta. Ho bisogno di avere mio figlio accanto.» Karen riaprì gli occhi, sollevando il viso su di me. Sembrava stanca, pallida, un po' smarrita. Forse davvero non era più abituata a starsene fuori al freddo, all'inverno inglese. «Sono malata, Rose. Temo di non farcela.»

CAPITOLO 19

Non era vero. Non poteva essere vero. Karen stava mentendo. Ma… sarebbe arrivata a mentire fino a questo punto pur di trascinare Chris con sé in America?

Non avevo saputo replicare, avrei rischiato di insultarla ancora, non credendole. Ero fuggita via. Via a cercare Chris. Se era tutto vero perché non mi aveva detto niente? Perché?

Quando mi vide, sostare di fronte a lui con l'aria sconvolta e senza dire una parola, comprese immediatamente che avevo saputo.

«L'avevo pregata di non dirtelo.»

«Ah, davvero? E cosa aspettavi? Il giorno della partenza?» Mi scagliai contro di lui, afferrandolo per il giubbotto e iniziando a scuoterlo con forza. «Mi avresti… salutata dall'aereo magari! O avresti detto a mio padre di farmelo sapere, prima o poi…»

«Oh, Rose. Ti prego, non dire così…» I suoi occhi, così verdi e lucidi, mi indussero a smettere. Rimasi con il suo giubbotto stretto tra i pugni. Era tutto vero, quindi. Era tutto vero. Chris mi accarezzò la testa, ripetutamente, baciandomi la fronte. «Capisci perché io avevo pensato che tu… magari…»

«Che io magari non ti amassi abbastanza.» Conclusi la frase per lui. Chris annuì timidamente, abbassando lo sguardo. «Mi hai chiesto tante volte se io mi fidassi di te, Chris. E tu… perché non ti sei fidato di me? Perché ti sei tenuto tutto dentro e non mi hai detto niente?»

«Te l'avrei detto. Ma eri così felice! Ti avrei rovinato la preparazione dello spettacolo. Poi il Natale, il compleanno…»

«Cosa vuoi che mi importi di questo maledetto Natale e del mio stupidissimo compleanno, se dopo dovrò restare senza di te!» Esplosi, quasi urlando. Ci trovavamo poco distanti dal mercatino e alcune persone dalle bancarelle più vicine si voltarono verso di noi. Mi calmai, cercando di riprendere fiato. La mia mente doveva assolutamente recuperare tutte le sue funzioni, trovare una soluzione. «Noi… troveremo il modo.»

«Perdonami. Io non sapevo… Ho avuto la notizia di mia madre e non ho saputo gestire la situazione. È stata del tutto inaspettata per me. Mi sono dedicato a qualche ricerca sulla sua malattia, si tratta di una forma di leucemia non aggressiva, potrebbe essere ancora curabile, però… In realtà io non so, non so niente.»

«Ci sono anche io, adesso. Chris, non sei solo…» E la soluzione purtroppo non arrivava. Sapevo solo che non lo avrei lasciato andare via senza lottare. «Papà… lo sa?»

Chris annuì, sospirando. «Lui lo sa da prima di me. Mia madre gli aveva telefonato per chiedergli di aiutarmi. Avevano pensato di dirmelo prima del suo arrivo, poi invece hanno ritenuto fosse meglio attendere che lei fosse qui.»

«Mmh…» Mi posai una mano sulla fronte. Mi stava scoppiando la testa. Quindi era dovuto anche a questo il comportamento ambiguo di mio padre. Il suo tentativo di distogliermi da Chris. «Ma a questo punto… Perché Karen non rimane qui in Inghilterra? Mi sembra che si sia separata dall'altro marito… insomma… Sarebbe la soluzione più logica.»

«Ci avevo pensato anche io, è stata la prima cosa che le ho suggerito. Ma non ha il visto in regola, da quando si è separata da tuo padre. Non potrebbe restare a lungo termine, a meno che chieda la cittadinanza irlandese. Però… in ogni caso non può aspettare e ha già iniziato le cure negli Stati Uniti. Le ha interrotte solo per venire qui dieci giorni, poi dovrà riprenderle immediatamente. Si è separata dal suo secondo marito e ha perso gran parte degli amici, nel momento della malattia. Mia madre è sempre stata attiva, vivace, la conosci... Ma non è mai stata molto brava a farsi amare dalle persone. Appena ha scoperto di non stare bene e ha fatto le analisi, si sono allontanati tutti, poco alla volta. Le resto solo io. Sapeva che questo viaggio l'avrebbe debilitata ma ha voluto affrontarlo comunque, voleva rivedere l'Inghilterra. E credo anche te, Ned e Daisy...»

«Io sono convinta che se la caverà, comunque...» Ero sempre la solita egoista Rose. Pensavo solo a me stessa e al fatto che Karen mi avrebbe portato via il ragazzo che amavo. Non mi ero soffermata un solo istante a riflettere sulla sua malattia, sul dolore di Chris. «Karen è forte. E se le cose stanno così, io... Io verrò insieme a voi. Ti aiuterò a curarla, a fare... qualunque cosa ci sarà da fare per aiutarla.»

«Rose...» Chris sorrise appena e mi baciò le labbra. «Rose, tu la disprezzi.»

«Mmh... vero, lo ammetto. Ma disprezzavo anche te, ricordi?» ricambiai il bacio, massaggiandogli il petto con dolcezza. «Le persone cambiano. Scusami per averti aggredito prima... ero sconvolta. E mi sono sentita esclusa da te, dalla tua vita.»

«Ti amo, lo sai mostriciattolo? Odiavo l'idea di farti soffrire, invece è proprio quello che ho ottenuto...»

«Tu credevi anche che io ti dimenticassi, ignorando i miei messaggi. E ho sofferto per quello. Soffro ancora, sapendo che te ne andrai. Ma sei un illuso se pensi che io ti lasci andare, che ti perda senza lottare.» Gli presi la mano e iniziai a camminare. Sostai per un attimo di fronte al grande albero di Natale nel parco e mi lasciai stringere tra le braccia, osservando la stella che brillava sulla cima. Chris mi seguì senza replicare, mentre mi avviavo verso l'altalena e poi verso il boschetto dove ci eravamo baciati per la prima volta. «Tua madre è convinta che tra noi sarebbe finita comunque. Io invece sono convinta che non finirà affatto. Tu cosa credi? Ora te lo chiedo io... Ti fidi di me?»

Mi fermai e mi voltai verso di lui, fissandolo seria negli occhi.

«Io credo che tu sia una testarda, lo sei sempre stata. Sei ostinata, caparbia e...»

«E... stai per dire una cosa molto brutta su di me, rompiscatole?» ridacchiai, pizzicandogli il fianco. «Ormai ti precedo... ti prevedo, anzi.»

«E sei stata sempre una ragazzina superficiale e viziata, un po' egoista e manipolatrice, un vero mostriciattolo...»

«Ecco, vedi! Come ti dicevo...» sbuffai, alzando gli occhi al cielo.

«Ma... quando si tratta di qualcosa di serio, di importante... Tu, piccola Rose Storm, ci metti l'anima. Ti impegni con tutta te stessa, ami con tutta te stessa. E io mi sento l'uomo più fortunato del mondo a essere amato da te.»

Mi portai la mano sulle labbra per trattenere un singhiozzo, gli occhi sgranati su di lui, sul suo viso che sembrava più dolce, bello come non l'avevo mai visto prima nonostante l'aria stanca e i capelli scompigliati.

«Avevi previsto che ti dicessi anche questo?» sorrise accarezzandomi la testa con una mano. «E per rispondere alla tua domanda... Sì, mi fido di te. Certo che mi fido di te.»

CAPITOLO 20

Eravamo costretti ad arrenderci all'inevitabile. Ma questo non avrebbe significato smettere di lottare. Chris sarebbe partito con sua madre. E io sarei rimasta a Heathland per terminare il liceo. La malattia di Karen era stata inaspettata, ma qualche speranza c'era ancora, poteva ancora salvarsi. Papà si era dimostrato disponibile ad aiutarla, per quanto possibile. Purtroppo però non sarebbe riuscito a trattenerla in Inghilterra, nemmeno offrendosi di risposarla per darle la possibilità di restare.

La vigilia e il giorno di Natale erano trascorsi così, serenamente ma con un velo di tristezza e una malinconia a cui nessuno era riuscito a sfuggire. Ormai, anche a causa della prossima partenza di Chris, la notizia si era diffusa. Karen aveva imposto a tutti di dimenticare la sua malattia e si era pentita amaramente di avermelo raccontato. Ma io, alla fine, ero stata costretta a riconoscere che aveva fatto bene. Il tentativo di Chris di rimandare la mia sofferenza mi avrebbe causato ancora più dolore perché non avrei avuto il tempo di comprendere e reagire.

Karen a un certo punto si era dichiarata disposta a lasciare Chris in Inghilterra e a tenerlo aggiornato costantemente sull'evolversi della sua malattia. Ma non sarebbe stato giusto, lo sapevamo entrambi. Non avrei mai potuto pretendere che Chris accettasse, però almeno da parte di Karen avevamo ricevuto una sorta di consenso, di appoggio morale. Lo avevo apprezzato.

Non saremmo stati separati molto a lungo. C'era internet, il telefono... e poi le vacanze, la fine del liceo. E io sarei volata da lui. Sei mesi di distacco non erano poi così tanti, eravamo in grado di sopportarli. Magari nel frattempo Karen si sarebbe anche ripresa.

«Ehi, sorellina...»

Daisy mi aveva trovata sola, mentre la mattina di Natale ero impegnata ad addobbare il piccolo albero di Natale all'ingresso del nostro cottage. Non avevamo ancora avuto una vera e propria opportunità di parlare da sole, ultimamente.

«Mmh... questo alberello è un po' striminzito, rispetto ai nostri soliti, però è comunque carino con le decorazioni che ho preso al mercatino.» Stavo cercando affannosamente di trovare un argomento che non mi facesse stare troppo male. Non volevo riversare anche sugli altri le mie frustrazioni, rovinando completamente l'atmosfera di festa. «Ti piace la ghirlanda che ho appeso sulla porta?»

«Stai facendo un lavoro magnifico qui, Rose.» Senza rispondere direttamente alla mia domanda Daisy mi circondò con le braccia e stringendomi forte a sé sussurrò dolcemente al mio orecchio, come faceva spesso quando eravamo piccole. «Stai tranquilla, andrà tutto bene. E tu sarai felice, anche se forse sarà più complicato del previsto.»

«Mmh... e tu come fai a saperlo?» sospirai appoggiando la tempia alla sua.

«C'è una cosa che ho sempre saputo...» sorrise accarezzandomi dolcemente i capelli con entrambe le mani. «Chris ti ama tanto. E mi dispiace non essere intervenuta in tua difesa qualche giorno fa, durante le prove per il ballo, contro Kathleen e Mike soprattutto. Ho rimpianto di non averlo fatto, mi sono sentita una pessima sorella. Non mi ero resa conto che i tuoi sentimenti per Chris fossero diventati così profondi. Ma ora ti offro tutto il mio sostegno, spero non sia troppo tardi. Io credo in voi... Farò tutto il possibile per aiutarvi, te lo prometto.»

«Daisy... non sei affatto una pessima sorella...» sospirai prendendo le sue mani nelle mie. «Sei dalla mia parte. È questo che conta per me. Quel giorno io dovevo combattere da sola la mia battaglia... è stato giusto così.»

Chris e io ci eravamo promessi di vivere al meglio l'ultima settimana prima della sua partenza. E il giorno del mio diciottesimo compleanno giunse così, senza che gli riservassi particolare importanza. Non l'avrei mai detto, qualche mese prima. Sembrava non aspettassi altro che ricevere regali e organizzare una grande, meravigliosa festa.

I regali erano giunti, ma il vero regalo per me restava Heathland e il modo in cui mi aveva cambiata. Sembrava possedere questo potere magico sulle persone. Anche mia madre sembrava cambiata, in parte. Anche Karen. Forse dipendeva dalla malattia, ma non era più la stessa.

Chris mi aveva regalato una catenina con un ciondolo a forma di rosa. Aveva affermato tristemente di aver cercato ovunque, ma di non averlo proprio trovato a forma di mostriciattolo. Poi mi aveva donato una serie di suoi acquerelli che raffiguravano diverse visuali di Heathland, anche dalla torre del Desmond Castle e un altro del nostro boschetto. Ne aveva iniziato uno mio che però voleva tenere segreto. L'avevo obbligato a mostrarmelo, ma era solo un abbozzo. Rappresentava una ragazza di spalle, a una finestra che sembrava proprio quella del nostro cottage, che osservava la vita scorrere davanti ai suoi occhi. Quella ragazza dovevo essere io... Quale sarebbe stata la mia vita? Io e Chris insieme? Oppure io a Heathland? O altrove?

Di una cosa ero assolutamente certa. Quella appena trascorsa era stata l'estate più brutta e più bella della mia vita. Seguita dal Natale più brutto e più bello della mia vita. Carico di sofferenza, di timore, di angoscia, ma anche di felicità, di speranza, d'amore. Sentimenti talmente contrastanti da sconvolgere l'anima di una ragazza come me, ancora inesperta della vita e delle debolezze umane. Senza dimenticare, ovviamente, anche il compleanno più brutto e più bello della mia vita!

I miei regali natalizi erano stati pessimi. Qualche acquisto dal mercatino e i miei lavoretti a maglia. Rosemary, a tempo perso, mi aveva insegnato a lavorare un po'. Ma era in grado di fare solo un certo tipo di punto, quindi avevo confezionato sciarpe lunghissime per tutti quanti. Tutte uguali, ma di colori diversi. Per Chris avevo scelto della lana verde, che si intonava al colore dei suoi occhi.

«Mi servirà proprio durante l'inverno e la primavera californiana!» Aveva scherzato, pizzicandomi una guancia. «Ti prometto che non me ne separerò, mio tenero mostriciattolo.»

«Sì, poi arriverò io in persona a scaldarti durante l'estate!»

Mentre gli altri festeggiavano l'inizio di un nuovo anno al castello, il 2000 che avevo tanto atteso, noi ce ne stavamo per lo più in silenzio, abbracciati. E davvero, in quei momenti, osservavo la vita scorrermi attorno. I miei amici, i miei genitori... tutto il mio mondo.

«Tu credi... che Cassandra abbia trovato la felicità in qualche modo?»

La domanda mi sorse improvvisa e sorprese me stessa, per prima.

«Cassandra... Stai ancora pensando a lei?» Chris sospirò stringendosi nelle spalle. «Secondo me ha trovato il modo di fuggire dalla sua prigione ed essere felice.»

«Mmh... potrei...» Arricciai il naso, poi scossi la testa.

«Potresti cosa?»

«Scrivere una sceneggiatura su di lei, un giorno. Una storia, insomma.»

Non avevo idea del motivo per cui mi fosse venuta in mente un'idea del genere. Era una sciocchezza. Ma forse in certi momenti si dicono sciocchezze per non affrontare questioni più importanti, dolori che rischiano di spezzarci il cuore.

«Potresti scriverne un pezzo ogni giorno e mandarmelo...» Chris annuì convinto, poi rise di gusto. «E io potrei scrivere la parte del suonatore d'arpa irlandese!»

«Va bene, basta che non finisca in tragedia come *Romeo e Giulietta*!»

Non aveva voluto che lo accompagnassi in aeroporto. Era stato irremovibile in proposito, nonostante io lo avessi supplicato in tutti i modi. Anche arrivando a qualche velata minaccia.

«Mi ami, Rose?»

«Stai per dire che se ti amo... allora rispetterò la tua decisione di non vederti partire, vero?»

Mi strinse forte tra le braccia e annuì. Mi baciò la fronte e poi le labbra.

«L'unico aeroporto in cui voglio vederti è quello in cui io verrò a prenderti tra sei mesi, quando tu verrai da me.»

«Va bene.» Appoggiai la fronte alla sua e sospirai sulle sue labbra. «Ti ubbidirò ma solo per questa volta, rompiscatole.»

Mi stavo trattenendo per essere forte, per non piangere. Non ero più una ragazzina ormai. Avevo diciotto anni ed ero stata catapultata nell'anno 2000 con una nuova prospettiva, un nuovo temperamento. Accarezzai la guancia di Chris e mi ritrovai la mano bagnata. Scostandomi vidi che una lacrima gli stava rigando il viso.

«Perdonami, mostriciattolo. Un uomo non dovrebbe...»

«Quella cosa che mi hai detto...» Continuai ad accarezzargli il viso, con dolcezza, asciugandogli un'altra lacrima. «Ecco, io volevo dirti che anche per me è lo stesso. Mi sento la donna più fortunata del mondo ad essere amata da te. E sono certa che sarà così sempre, rompiscatole... per sempre.»

CAPITOLO 21

Così lo avevo lasciato andare. Io ero rimasta nel nostro mondo, quello che avevamo costruito insieme. Chris si era alzato dal luogo in cui ci eravamo ritrovati per salutarci, nel nostro boschetto, e si era allontanato, lungo il sentiero che portava al castello. Poi da lì al villaggio, all'auto che lo avrebbe condotto in aeroporto. Lo avevo pregato di non voltarsi o non avrei resistito. Aveva ubbidito alla mia richiesta.

Ma abbassando lo sguardo a terra avevo notato un foglio di carta, che poco prima non c'era. Incuriosita lo avevo sollevato ritrovandomi davanti poche parole. Riconobbi immediatamente la sua calligrafia.

"Amore non è amore se muta quando scopre
un mutamento o tende a svanire quando
l'altro si allontana...
Amore è un faro sempre fisso che sovrasta
la tempesta e non vacilla mai...
Amore non muta in poche ore o settimane
ma impavido resiste al giorno estremo
del giudizio...
Se questo è errore e mi sarà provato io non
ho mai scritto...
E nessuno ha mai amato..."

Strinsi forte al petto il foglio che Chris mi aveva lasciato. Shakespeare. Forse era vero, ci credeva anche lui. Lontano nel tempo, attraverso gli anni, i secoli, qualcuno poteva davvero comprendere. L'amore è amore. Si trasforma ma non muta. E qualche volta può davvero trasformarsi in un sentimento eterno.

Era trascorsa una settimana. Io e Chris ci eravamo sentiti tre volte al telefono e ci scrivevamo e-mail tutte le sere. Si stava organizzando per trasferire i suoi studi in un'università americana, ma al momento avrebbe sospeso per un po' per stare vicino a sua madre. Io confidavo ancora nel fatto che potesse tornare, prima o poi. Che Karen sarebbe guarita presto. Forse ero un'illusa.

«È bellissimo qui...»

Non avevo avuto ancora l'occasione di esprimere a papà il mio apprezzamento per il castello, per il suo lavoro. Mi affacciai dal parapetto per ammirare meglio il panorama dalla torre. Non avevo più le vertigini ormai. La neve il giorno prima era stata più persistente e questa volta aveva deciso di resistere. La distesa bianca di fronte a me era magica, sembrava l'ingresso a un mondo da favola.

«Io sono contento che tu abbia deciso di restare.»

Mio padre sospirò, appoggiandomi una mano sulla spalla. Compresi ciò che intendeva dire con "restare". Finire il liceo a Heathland, non tornare a Londra. Ma nella mia mente si era aperto come un varco su ciò che avrei fatto una volta terminato il liceo.

«Sono contenta anche io. È stata la scelta giusta. In qualche modo ha portato in luce la vera me stessa.»

Avrei dovuto parlargli, prima o poi. Ne eravamo consapevoli entrambi. Era un normale fine settimana di inizio gennaio, presto la vita qui a Heathland sarebbe tornata alla normalità. La scuola per me, il lavoro per papà, il castello richiedeva ancora tempo per essere ristrutturato completamente e i Desmond lo avevano già incaricato di alcuni restauri anche alla loro villa.

«Rose, ascoltami piccola...»

«Lo so. Lo so cosa vuoi dirmi, papà. Ma io... non sono come prima, non sto facendo i capricci come quando tu mi hai trascinata qui e io volevo a tutti i costi tornare a Londra...»

sospirai, chiudendo gli occhi per un attimo. «Quindi, comunque voi la pensiate... tu e Karen, soprattutto, non finirà tra me e Chris. Staremo lontani, per un po', mi sono rassegnata a questo, lo accetto. Ma poi troveremo il modo. Chris non è un capriccio per me.»

«Sì, l'ho capito. Non ho dubitato di te, Rose. Ma la verità è che avrei preferito che fosse un altro ragazzo, non lui. Non solo per il fatto che ora si trova in America per stare accanto a sua madre.»

Non riuscivo a comprendere. Papà mi rivolse uno dei suoi sguardi seri ma desolati al tempo stesso che non riuscivo quasi mai a interpretare. E anche le sue parole mi lasciarono perplessa. Non dubitava di me... ma non avrebbe voluto che stessi insieme a Chris?

«Ero convinta che avessi stima di Chris, che ci tenessi a lui.»

«Ed è vero. Voglio bene a Chris. Per questo avrei preferito che tu ti innamorassi di un altro.» Non sembrava un complimento, a questo punto. Forse papà non si fidava così tanto di me, in fondo. «Rose... Se tra te e un ragazzo qualunque finisse male, tu saresti sempre mia figlia... e quel ragazzo qualunque tornerebbe a essere un estraneo per me. Ma con Chris... Con lui sarebbe diverso, non potrei mai farlo. Non potrei prendere le parti di uno di voi due contro l'altro se non dovesse funzionare, se vi trasformaste in due nemici. Voglio troppo bene a entrambi, lo sai che Chris è come un figlio per me.»

Era questo il suo dilemma? Non sapere da che parte stare se io e Chris ci fossimo lasciati?

«Papà...» sorrisi, piegando la testa sulla sua spalla. «Comunque vada ti posso assicurare che io e Chris non saremo mai nemici. Non lo siamo mai stati davvero, nemmeno quando litigavamo ogni giorno, ogni minuto!»

«Siete ancora tanto giovani...» Papà sospirò, accarezzandomi i capelli. «Magari avrete altre storie, altri incontri, altri amori.»

«Forse sarà così. Forse no.»

Mi resi conto che sarebbe stato inutile oppormi e cercare di imporre a tutti i costi il mio punto di vista. Dovevo accettare anche quello degli altri, anche se non mi piaceva, anche se non ero d'accordo.

«Guarda... hanno organizzato una sfida a palle di neve laggiù!»

Mi affacciai ancora per riuscire a guardare. Le bancarelle del mercatino natalizio erano state tolte, ormai. Nel giardino, sommerso dalla neve, riconobbi Sally e Teddy. Poi Daisy, Alan, Janet e Freddie che erano arrivati per trascorrere l'ultima piccola vacanza insieme a noi. Altri compagni di scuola. E stavano davvero organizzando una gara, componendo le squadre.

«Ehi, laggiù!» gridai e oscillai il braccio per attirare la loro attenzione. «Avete bisogno di una vera campionessa?»

«Va bene, Rose. Ma muoviti!» Daisy mi fece cenno di raggiungerli, mentre tutti avevano sollevato il viso verso di me. «Stiamo per iniziare!»

Non mi feci pregare, corsi giù dalle scale mentre papà si scostò dal parapetto per rientrare. Quando li raggiunsi stavano già scegliendo i componenti delle squadre.

«Se sei davvero così forte allora ti voglio nella mia squadra!»

C'era anche Luke. Mi sorrise chiamandomi a sé. Anche lui non mi sembrava più lo stesso che avevo incontrato qualche mese prima. O forse non mi aveva ancora mostrato la parte migliore di sé. Sally mi aveva rivelato che Luke aveva offerto i giocattoli di quando era bambino e ne aveva comprati anche di nuovi in modo tale che Rocky e altri ragazzini potessero avere dei doni da offrire per il mercatino dei bambini. Si era impegnato in prima persona ad aiutarli ma non aveva voluto che si sapesse.

«Va bene, non te ne pentirai!» Risi mettendomi dalla sua parte, mentre Alan sceglieva i membri dell'altra squadra.

Sollevai il viso per guardare il castello, la torre. I momenti che avevo trascorso insieme a Chris, l'attimo in cui mi aveva stretta tra le braccia e aveva confessato di amarmi, come lo amavo io.

Allora mi tornarono in mente quelle parole che mi erano rimaste impresse, da *Tess dei d'Urberville*. Le stelle sono mondi. Chris era dall'altra parte del mondo, così lontano da me. Ma il sentimento che ci univa era forte, persistente. Come nelle parole di Shakespeare che lui mi aveva lasciato, scritte su quel foglio. Il nostro mondo, quello che avevamo costruito insieme a Heathland, era ancora intatto. Così come il mio cuore, il mio amore per lui.

Avrei dovuto riprendere a leggere di più. Sì, sarei andata in biblioteca per chiedere ad Ivy dei consigli. Così avrei potuto iniziare la storia di Cassandra Desmond e Chris mi avrebbe risposto come il suonatore d'arpa irlandese. Chissà qual era il suo nome? Avrei dovuto scoprirlo, oppure trovarne uno adatto... Magari...

«Ehi, campionessa!» La risata di Freddie, unita a una palla di neve che mi aveva colpito la spalla, mi ridestò dai miei sogni a occhi aperti. «Luke, temo proprio che tu abbia fatto un pessimo affare!»

«Ah, sì? Adesso ti faccio vedere io!» Mi chinai per raccogliere la neve, formare una palla da lanciare contro Freddie. Gliela scagliai addosso colpendolo in pieno petto. «Preparatevi alla sconfitta!»

«Ecco, brava Rose! Questo è lo spirito adatto!» Luke sorrise, incoraggiandomi. Mi resi conto che i suoi occhi azzurri seguivano ogni mio gesto, ogni mio movimento.

Forse Heathland, in qualche modo, lo stava davvero cambiando. Forse sarebbe andata diversamente tra noi se ci fossimo incontrati in un altro momento.

Mi voltai verso di lui e annuii. Ivy in fondo aveva proprio ragione. Non tutto è sempre bianco o nero. Anche la neve cambia colore, mescolandosi alle gioie e ai dolori umani. Alla vita.

Il rapporto tra me e Luke stava cambiando. Forse l'emozione iniziale nei suoi confronti non si sarebbe mai trasformata in amore, ma sarebbe diventata un'amicizia importante per me. O magari, col tempo, sarebbe mutata ancora.

Non possedevo un fantasma del Natale futuro che visitandomi potesse prevenire e guidare i miei passi, come era avvenuto a Scrooge in *A Christmas Carol*. Non mi era concesso conoscere ciò che il destino mi avrebbe riservato. Ma la storia di Dickens era un insegnamento profondo, una lezione preziosa da non dimenticare.

L'amore è amore. Queste erano state le parole di mia madre. Io avevo appena compiuto diciotto anni e amavo Chris Warner. Nel mio cuore ancora adolescente erano vivi la speranza e il desiderio che il nostro amore durasse per sempre, che persistesse indenne anche contro gli inevitabili ostacoli della vita.

"Avrete altre storie, altri incontri, altri amori…"

Così aveva detto papà e io, pur non essendo d'accordo, non avevo voluto contraddirlo. Forse aveva ragione lui. Forse no. Ma nessuno di noi due poteva conoscere il futuro e possedere la verità assoluta. Perché quello che sarebbe stato il mio destino, il mio amore, la mia vita, lo avrei scoperto solo vivendo. Era la mia vita, appunto. E io mi sarei impegnata ogni singolo giorno, ogni singolo attimo. Per viverla. Per amarla.

Epilogo

Dicembre 2017

Un nuovo Natale è alle porte. Incombono i preparativi, da mesi ormai. Soprattutto per quanto riguarda lo spettacolo. Pretendo che sia ancora meglio di quello dell'anno precedente. Anche perché, dopo una pausa di alcuni anni, riportiamo in scena *A Christmas Carol*. Non posso permettermi errori, questa volta. Sono diventata un'esaltata perfezionista con gli anni, me ne rendo perfettamente conto. Così mi definiscono e sono costretta ad accettarlo.

Per il resto sono sempre la solita Rose Storm, con tanti difetti e anche qualche pregio. Ah, dimenticavo... e con diciotto anni in più, che non sono certa abbiano aggiunto pregi o difetti al mio carattere. C'è chi dice che sono migliorata, chi invece afferma che gli anni abbiano amplificato il mio essere naturalmente lunatica e vagamente egocentrica.

Una cosa non è cambiata. Sono rimasta a Heathland, alla fine. E non me ne sono mai pentita. Questo è diventato il mio mondo, la mia vita. Il Desmond Castle, il villaggio. Gli spettacoli estivi e natalizi, la scuola. Tra tante professioni che mi erano balenate nella mente tra l'infanzia e l'adolescenza ho scelto l'insegnamento. Mi sono perfezionata nella recitazione e nella letteratura, ho studiato tanto, più di quanto avrei mai creduto possibile. Così insegno ai bambini, mi sono resa conto di avere un approccio migliore con loro, rispetto agli adulti. Forse perché il loro mondo è in parte un po' anche il mio.

Sospiro stringendo la penna tra le mani. Sto sistemando alcune battute, alcuni ingressi e uscite di scena per la rappresentazione teatrale. Devono essere adatti ai piccoli attori che ho scelto, assimilarsi alla loro personalità, amalgamarsi fino ad assumere naturalezza, spontaneità.

Per quanto riguarda il resto della mia vita… Nessuno ha avuto torto o ragione assoluta. Forse nemmeno Ivy o la mamma. Probabilmente quello che si è avvicinato di più è stato papà, nonostante io mi fossi opposta al suo punto di vista. È

Ci sono state altre storie. Altri incontri. Altri amori. È stato inevitabile. Sono successe molte cose in questi diciotto anni, così tanto è cambiato in noi, tra noi. Del resto è trascorsa una vita intera, o quasi. L'importante è stato saper riconoscere la persona giusta, quella davvero adatta a noi.

Saluto i bambini, per loro è giunta la fine della lezione. Sono gli ultimi giorni prima delle vacanze natalizie e la loro eccitazione è alle stelle. Io invece mi fermerò qui a lavorare ancora un po'. Non mi rendo conto del tempo che passa quando mi immergo nel lavoro. Questo non saprei se annoverarlo tra i miei pregi o i miei difetti.

«Signora, non vorrei disturbarla, ma io dovrei chiudere.»

Ci pensa Charlie, il custode della scuola, a ricordarmi che è ora che io tolga il disturbo.

«Grazie, Charlie…» sospiro e controllo il mio cellulare. «Le dispiace attendere ancora qualche minuto. La mia macchina si è guastata, così sono d'accordo di farmi venire a prendere.»

Gli rivolgo uno sguardo candido e dolce, di quelli che sono abbastanza certa funzionino sempre. O quasi. Charlie annuisce più volte e mi sorride. Ha passato i sessant'anni ma ha ancora l'aria di un bambino. Anche lui ama il suo lavoro. E si vede.

«Certo, se ha bisogno le preparo un tè. E le lascio acceso il riscaldamento ancora per un po'. Io sopporto bene il freddo, sono abituato. Ma lei…»

«Grazie ma non è necessario, tra qualche minuto andrò via.»

Torno al mio lavoro, spero di non trattenerlo troppo a lungo. Ancora una pagina o due... Sfoglio il copione con le mani sempre più gelide. Bene, è quasi perfetto ormai.

«Signora, suo marito è arrivato.»

Charlie torna ad avvisarmi che è tempo che io me ne vada, finalmente.

«Grazie, Charlie. Intanto sono riuscita a finire!» sorrido e comincio a raccogliere le mie cose. Sto per mettere il copione nella borsa ma mi soffermo sull'ultima pagina. «Però... quest'ultima scena...»

«Insomma, sei irriducibile quando ti metti in testa qualcosa!»

Lo vedo sulla porta. Charlie si è allontanato, nel frattempo. Dobbiamo andarcene o, nonostante il suo animo buono e la sua gentilezza, ci manderà via a calci.

«Io sarò irriducibile, ma tu sei in ritardo! Quindi è colpa tua, non mia.»

«Ovviamente. Non ne dubitavo.» Si avvicina e mi prende tra le braccia. Si guarda intorno prima di baciarmi sulle labbra e stringermi le mani tra le sue. «Hai le mani gelate.»

«Che strano... Eppure non ho lanciato palle di neve in tua attesa!»

Sorrido e mi stacco da lui per finire di riporre tutto nella borsa e nella cartelletta. Sono sempre sommersa di volumi, di nuovi testi, di copioni teatrali.

«Lavori troppo, lo sai vero?»

«Lo so benissimo. Questo perché io porto sempre a termine le mie imprese!» Sono pronta, gli prendo le mani e lascio che lui me le stringa di nuovo tra le sue, per scaldarmele. «Ora andiamo prima che Charlie ci chiuda davvero dentro, questa volta.»

«Devi occuparti anche di me, ogni tanto.» Mi cinge per la vita mentre percorriamo il corridoio, rivolgendomi uno sguardo corrucciato. «Tuo padre mi stava mostrando le sue idee riguardanti il prossimo "rudere", come lo chiami tu, da riportare in vita. Abbiamo in mente un bel progetto da proporre.»

«Se pensate davvero di trascinarmi di nuovo per qualche landa desolata dell'Inghilterra durante le prossime vacanze...» Lo colpisco con una leggera gomitata nel fianco, poi scoppio a ridere. «Sono una donna matura, ormai. Non una ragazzina da trascinare in giro a vostro piacimento.»

Usciamo dall'edificio. Mi afferra per la vita e mi bacia sulle labbra.

«Una donna matura? Ma no, che fine ha fatto il mio mostriciattolo preferito? Dove lo hai nascosto?»

«Ovunque l'abbia nascosto, sai che tornerà sempre da te. Vero, rompiscatole?» Gli cingo il collo tra le braccia e ricambio il suo bacio. Poi appoggio la fronte alla sua. «Tornerò sempre da te. E sì, ti seguirei da una landa desolata all'altra in cerca di nuovi "ruderi", perché io...»

Mi bacia ancora, inducendomi al silenzio, come quando mi aveva baciata per la prima volta. Così non può sentire, per l'ennesima volta, le parole che ormai conosce tanto bene.

"Perché io ti amo, Chris. E non sono mai riuscita ad amare un altro più di te." E forse ci avevo anche provato. "Non ancora, almeno" aggiungo sempre, solo per prenderlo in giro.

È andata davvero così. Ci sono stati momenti difficili, ci sono stati momenti in cui avevamo raggiunto la certezza di non poter resistere. Non solo alla distanza, anche a noi stessi. Ci sono state altre storie, altri incontri, altri amori. Ma poi siamo sempre tornati noi. Io sono tornata a scegliere lui, ogni volta. A scegliere lui, ogni giorno. Pur non possedendo nemmeno ora un fantasma del Natale futuro che possa guidare i miei passi, il mio destino. Quindi non mi resterà altro che prendere la vita così come viene, con tutto ciò che ancora ha da offrirmi.

Nel corso di questi anni Chris e io siamo stati tutto l'uno per l'altra. Davvero tutto. Siamo stati rivali all'inizio. Poi

innamorati, amici, amanti. E qualche volta sì, anche un po'
nemici. Abbiamo avuto altre storie. Non hanno mai funzionato.
Alla fine chi dubitava di noi si è dovuto arrendere al fatto che
non fosse un capriccio, soprattutto mio. Ma abbiamo dovuto
separare le nostre vite, metterci davvero alla prova, per
scoprirlo. E per provarlo, anche a noi stessi.

No, non era affatto un capriccio. Era amore. Ma questa,
come quella di Cassandra e del suo innamorato, come quella
del ritratto della ragazza alla finestra che Chris ha dipinto per
me... questa è un'altra storia.

CITAZIONE E PLAYLIST

William Shakespeare: "Amore non è amore se muta quando scopre un mutamento"

Boyzone: "Everyday I love you"

RINGRAZIAMENTI

La storia di Rose in *Una ragazza e l'amore* era liberamente ispirata a *Emma*, di Jane Austen. Ma una volta giunta al termine mi è sorta la curiosità di scoprire cosa avrebbe combinato la mia protagonista in seguito. Così è nato *Una ragazza e il Natale*. Una storia natalizia sì, ma non solo. Soprattutto una storia d'amore, di amicizia, di crescita, di cambiamenti, in quel periodo tra la fine degli anni '90 e il 2000.

Ho voluto accogliere nuovamente la sfida che i miei personaggi mi hanno lanciato e io stessa, insieme a loro, sono tornata a immergermi nel villaggio immaginario di Heathland, nel Dorsetshire, e nel passato un po' magico e misterioso che circonda il Desmond Castle e i suoi antenati.

Ringrazio la mia casa editrice, Ghostly Whisper, e i miei correttori di bozze, tanto preziosi per me.

Ringrazio la mia famiglia per il sostegno costante e per l'incoraggiamento a non abbandonare mai la scrittura.

Ancora una volta ringrazio voi, mie care lettrici e miei cari lettori, per avermi seguita fino a qui. Per aver sostenuto Rose durante le sue evoluzioni, le sue scelte, la graduale trasformazione che ha segnato il suo passaggio da adolescente in giovane donna.

Spero che la storia di Rose vi abbia regalato un sorriso, qualche ora lieta, un po' di spirito natalizio e magari anche qualche emozione. Gli stessi sentimenti che ho provato io, scrivendola.

Barbara Morgan legge e scrive da sempre. Predilige urban fantasy, horror, distopici e fantascienza ma si avventura spesso in altri generi. Lavora nell'ambito della scrittura, dell'editoria e della moda. Laureata in lingue e letterature straniere, specializzata in letteratura inglese, letteratura americana e letterature comparate, ha vissuto tra Inghilterra, Francia, Italia, Svizzera e Stati Uniti, per poi trasferirsi in Irlanda, dove organizza eventi culturali e book club. Traduce dall'inglese, dal francese e dallo spagnolo.

Ghostly Whisper, la Casa Editrice che ha fondato in Irlanda, è un po' la sua storia.

Website: https://www.barbara-morgan.com

Facebook: https://www.facebook.com/BarbaraMorganAuthor/

Instagram: https://www.instagram.com/barbaramorganbooks/

Twitter: https://twitter.com/BabsiMorgan

www.ingramcontent.com/pod-product-compliance
Lightning Source LLC
Chambersburg PA
CBHW051831170626
46807CB00003B/1126

www.ingramcontent.com/pod-product-compliance
Lightning Source LLC
Chambersburg PA
CBHW051830170626
46807CB00003B/1108